公主傳奇 之 ⑦

守護寶藏的公主

馬翠蘿　著

靛　圖

新雅文化事業有限公司

www.sunya.com.hk

公主傳奇

守護寶藏的公主

作　　者：馬翠蘿
繪　　畫：靛
策　　劃：甄艷慈
責任編輯：蘭惠
美術設計：李成宇
出　　版：新雅文化事業有限公司
　　　　　香港英皇道499號北角工業大廈18樓
　　　　　電話：　(852) 2138 7998
　　　　　傳真：　(852) 2597 4003
　　　　　網址：http://www.sunya.com.hk
　　　　　電郵：marketing@sunya.com.hk
發　　行：香港聯合書刊物流有限公司
　　　　　香港新界大埔汀麗路 36 號中華商務印刷大廈 3 字樓
　　　　　電話：　(852) 2150 2100
　　　　　傳真：　(852) 2407 3062
　　　　　電郵：info@suplogistics.com.hk
印　　刷：中華商務彩色印刷有限公司
　　　　　香港新界大埔汀麗路 36 號
版　　次：二〇一〇年四月初版
　　　　　12 11 10 9 8 7 6 / 2017

目錄

第 1 章　讓劫匪舉手投降

甘肅敦煌，舉世聞名的莫高窟。

廣場上，一場盛大的慶典即將舉行。

這天是敦煌學研究生院成立的日子，幾百名熱愛敦煌文化的年輕人濟濟一堂，他們懷着興奮的心情，準備在未來日子努力學習和研究敦煌藝術，承先啟後，為發揚光大這一文化瑰寶而作出貢獻。

參加慶典的還有廿多名嘉賓，他們全是來自世界各地的著名學者。看，我們小說主人公馬小嵐的養父養母——中國著名考古學家馬仲元、趙敏夫婦倆也在其中呢！

一架畫着奏樂「飛天」的大屏風前面，擺放着蒙上紅絨布的講台，儀態萬千的女主持走到講台前，宣布恭請主禮嘉賓、敦煌研究院院長倪文軒主持開幕儀式。

身形高大、甚具學者風範的倪文軒笑容滿面地走到講台上，這時，四名頭戴古代大頭娃娃面具、手執大串氣球的人也悄悄從屏風後面走了出來，分別站在倪文軒兩邊。這是為慶典準備的儀式之一，只等倪院長一宣布慶典開始，他們就放開手中氫氣球，讓它們飛向蔚藍色

的天空。

倪文軒站定，微笑着掃視了一下會場，然後大聲說：「我宣布，敦煌研究生院成立慶典，現在開始！」

五彩繽紛的氣球飛向天空，會場響起一片熱烈的掌聲。

突然，令人意想不到的事情發生了。

那四個「大頭娃娃」把面具一揭，露出四張陌生的、兇惡的臉，他們迅速從身上掏出手槍。其中一個瘦高個子，用槍指住了倪文軒的太陽穴。其他三個人，則把槍對準參加慶典的人們。

可惡的匪徒！真不知道他們用了什麼辦法，替換了扮大頭娃娃的工作人員，混進會場作案。

在場的人一片騷動，有幾個人想向匪徒衝過去。

「誰也不許動，誰動我就打死他！」瘦高匪徒惡狠狠地用槍頂着倪文軒的背。

會場上立刻鴉雀無聲，人們對匪徒怒目而視，但又不敢有所行動。匪徒手裏拿着槍，他們佔了上風，要是惹怒了他們，這些沒人性的匪徒可能真的會開槍，那倪文軒就危險了。

倪文軒定了定神，說：「你們究竟想幹什麼？」

那瘦高個看樣子是領頭的人，他從口袋裏拿出一張

照片，粗聲粗氣地説：「我要這幅壁畫。」

倪文軒看了一眼，立刻大吃一驚。這不是「天外飛仙」嗎？

數月前，研究人員在莫高窟第一百零一洞做修復工作時，發現了一個「洞中洞」，那洞面積很小，洞裏空蕩蕩的，只是迎面有一幅壁畫。當人們上前細看那幅畫時，都不禁瞠目結舌——畫的下款分明寫着畫於宋代仁宗年間，但那畫卻完好無缺，再看，畫面色彩鮮艷亮麗，猶如剛畫上去一樣。

研究人員全都欣喜若狂。其他壁畫，莫説是宋代那麼遙遠，就算近至明清年代的，都已紛紛出現剝落、褪色現象。

為什麼這一幅卻能保存下來？

大家都認為這是一幅異常珍貴、極有研究價值的壁畫，所以已經嚴密保護起來，除了倪文軒和幾名研究人員，誰都不許接近。

這樣一幅珍貴的壁畫，怎能交給匪徒！

倪文軒決心用生命去保護這珍貴文物。他搖搖頭，表示堅決拒絕匪徒的要求。

瘦高個匪徒用冷冰冰的槍管狠狠地戳了他一下，痛得他咧了一下嘴。可是，他一點也沒有鬆口。這位扎根

守護寶藏的公主

敦煌三十多年，窮一生精力去研究敦煌文化的老學者，已經視死如歸。

「再不答應，我就開槍了！」匪徒氣急敗壞地吼道。

在場所有人都捏了一把汗。正在危急關頭，忽聞得一陣淡淡的香風襲來。

這令所有人都不自覺地用眼睛去搜尋香氣來源。

香氣來自半空中。人們驚訝地看到，在那香氣瀰漫、雲霧掩影中有一位美麗的小仙女，只見她身穿一襲白色衣裙，拖一條長長的白色飄帶，雙手托着一朵白蓮花，冉冉而下。

小仙女站定，直視着瘦高個匪徒，一雙美麗的眼睛不怒而威。瘦高個匪徒看着小仙女，不知怎的，竟目定口呆、全身僵直，像被施了定身法一樣。

小仙女一手托着蓮花，一手指向瘦高個匪徒，喊道：「賊人休得作孽，快放下屠刀，回頭是岸！」

瘦高個匪徒把槍一扔，跪在地上猛磕頭，一邊磕還一邊叫：「仙女饒命！仙女饒命！」

其他匪徒見了，也慌忙學着瘦高個的樣子，紛紛扔掉手槍，跪在地上求饒。

在場的幾個保安員趁機一擁而上，把匪徒全部抓住

了。

瘦高個匪徒被綁着，嘴裏仍不住地叫着：「仙女饒命！仙女饒命！我錯了，我有罪!」

這情景，比剛才匪徒突襲還要令人震撼，現場所有人都被眼前戲劇性的一幕弄糊塗了，心裏驚愕莫非這世界真有仙女不成？

只有馬仲元夫婦滿臉笑容，迎向小仙女。趙敏還叫了一聲：「小嵐!」

沒錯，那位從天而降的小仙女，正是趕來看望養父母的烏莎努爾公國公主馬小嵐。

小嵐看見養父母，馬上樂得像一匹撒着歡兒的小馬駒，拔腿就向馬仲元和趙敏奔去。一邊跑還一邊開心地叫着：「爸爸！媽媽!」

趙敏張開雙手，把女兒攬進懷裏，久未見面的母女倆抱作一團，趙敏驚喜萬分：「小嵐，小嵐，你出現得太及時了!」

馬仲元也走了過來，他臉上盡是滿瀉的慈愛，笑道：「小嵐，你演的是哪齣戲，竟然把匪徒嚇成這樣。」

「爸爸!」小嵐撒嬌地投進父親懷抱，還在父親臉上親了一下。

趙敏笑着說：「你呀，真是神出鬼沒！昨天等了你一天沒等着，還以為你不來了。誰知道你今天又突然冒出來，還打扮成這樣。」

小嵐笑嘻嘻地說：「我從烏莎努爾坐飛機，昨天傍晚已經到了敦煌。但當時天氣不怎麼好，嚮導怕半路遇上沙塵暴，便讓我先在城裏住一晚，等天亮了才趕來。半路上遇到這次活動的助理統籌小高叔叔，他說等會有個『天外飛仙』向主禮嘉賓獻花的環節，但扮演小仙女的女演員臨時有事不能來，要讓我客串一下。結果，我一來到就被拉去化妝間了，接着又被他們用吊臂吊上了半空……」

這時候，許多人圍上來了。大家都想看看這個美麗神奇的小女孩，究竟有什麼驚天法術，竟然嚇得匪徒馬上主動繳械。

倪文軒撥開人羣，走到小嵐面前，他一聲不吭的，愣愣地盯着小嵐看。

馬仲元伸手拍拍他肩膀，笑道：「我說倪老，你幹嘛老盯着我女兒看。」

倪文軒沒理他，只是喃喃地說：「像，太像了！」

馬仲元拉拉他，說：「倪老，你說我女兒像誰？」

「哦，對不起對不起！」倪文軒發現自己失態，有

守護寶藏的公主

點不好意思。

「伯伯您好，我是馬小嵐。」乖巧的小嵐忙來解圍，她很有禮貌地跟倪文軒自我介紹，然後欽佩地說，「伯伯，您剛才好勇敢啊！匪徒用槍對着您腦袋，您連眉頭都不皺一下。」

「敦煌的每一樣東西都是我的命根子，現在匪徒想奪走的是整個莫高窟最珍貴的東西，我當然死也要保住了！」倪文軒臉上滿是慈祥的笑容，他又說，「小嵐，謝謝你救了我！」

小嵐說：「伯伯別客氣。其實我也是誤打誤撞替您解了圍。我們在屏風後面忙碌着，根本不知道前面發生了什麼事。當我被吊臂吊着，緩緩下降時，才發現會場有突發事件。我急中生智，就來個以假亂真，利用自己的打扮及煙火效果，嚇唬匪徒，沒想到還真的把他們矇住了。」

倪文軒哈哈笑道：「沒那麼簡單。匪徒之所以害怕你，是別有原因呢！說真的，就是我，乍一看，也被你嚇着了！」

「是嗎？」小嵐馬上來了興趣，「哇，有趣有趣！伯伯，您現在就告訴我原因好嗎！」

「真是個性急的小丫頭！」倪文軒笑着說，「剛才

的會議被匪徒打斷了，現在還得繼續下去呢。慶典結束以後，我再告訴你原因。」

「好，一言為定！」

看着倪伯伯的身影，小嵐拉拉爸爸的衣服：「倪伯伯對莫高窟的感情好深啊！」

馬仲元感歎地說：「如果你了解了莫高窟的歷史，莫高窟的珍貴，莫高窟的屈辱，你也會珍惜她，願意為她獻身的。」

趙敏摟着女兒，說：「倪院長等會兒有一個講話，是介紹莫高窟歷史的，你可以一塊聽聽。」

小嵐高興地說：「太好了！其實我這次來敦煌，除了看望你們，還想好好地看看莫高窟，了解了解莫高窟呢！」

第 2 章　敦煌故事

隨着倪文軒充滿感情的聲音，小嵐聽到了一個動人的敦煌傳說——

一千六百多年前，有和尚師徒三人，他們不畏艱險，往西天尋找極樂世界。一天傍晚，走到此地附近，師傅吩咐停下來留宿一晚。他又命兩個徒弟一人往東，一人往西，出去化緣找點吃的。

向西的和尚法名樂樽，他走呀走呀，走到一處風景優美的地方。只見茫茫大漠上，有一條小溪潺潺流過，溪北是戈壁無邊，黃沙飛揚，寸草不生，十分荒涼；溪南是一條延綿無盡的低矮山脈，山腳下樹木成蔭，綠草茵茵，百鳥爭鳴，生機勃勃。

樂樽正在驚訝時，突然見到溪南的山脈射出萬道霞光，赤橙黃綠青藍紫，絢麗異常。霞光一陣又一陣，照得天際流光溢彩，照得雲朵五彩繽紛，照得大漠瑞氣升騰。

樂樽是一名悟性極高的僧人，他馬上想到，這裏必定是佛教聖地。他心裏興奮，平靜的出家人之心也按捺不住，不禁大聲歡呼起來。

接着，他又飛奔回到師傅跟前，興奮地高呼：「師傅，找到了！找到了！」

師傅心內明白，也不問他找到什麼，便鄭重地說：「那你就留下來吧。」

樂樽心領神會，一個人留在大漠上。他不負師傅所託，不久，第一個洞窟便在發光山脈的山坡上誕生了。很快又有了第二個、第三個……樂樽努力地去化緣建窟，造神供佛，將自己的畢生理想全都融入到大漠上這個山脈之中、洞窟之內。

樂樽的奇遇廣為傳播，樂樽的佛洞遠近聞名，人們紛紛前來觀摩朝拜，其中不乏出錢出力出策者，使佛洞越發規模宏大。

樂樽去世之後，築窟之風更是經久不衰，高峯時，洞窟多達一千多個。至今歷一千六百餘年，期間雖經時光磨難，戰亂摧殘，但仍保有完整的洞窟四百九十二個，裏面珍藏着歷史壁畫四萬五千多平方米，彩塑二千四百多身，還有唐宋木構建築五座。是世界現存規模最宏大、保存最完整的集佛教藝術、建築、彩塑、壁畫之大成的曠世奇葩。

悠悠一千六百多年，期間莫高窟經歷了許多滄桑變遷，留下無數美麗傳說，也留下了許多傷心往事。

北宋時期，莫高窟曾經歷一場劫難。那是一零三五年，西夏王李元昊率領的定難軍兵臨敦煌城下。李元昊出兵美其名曰「保護敦煌」，實則是為搶奪收藏於莫高窟千佛寺內的金字大藏經，還有許多珍貴書畫。據說，那金字大藏經為皇帝所賜，用金、玉製成的紙，由最出色的書法家抄上經文，珍貴無比。

僧侶們不想讓寺內珍藏被搶奪，便趕在城破之前，秘密挖了兩個洞窟，把包括金字大藏經在內的珍貴物品藏進洞內。

之後戰爭連年，知道藏經洞位置的僧人們或者死於戰爭，或者遠走他鄉避難，再也沒有回來。總之，再也沒有人知曉藏經洞的所在，無數珍藏就這樣在沙漠乾燥的空氣中靜靜地躺了許多許多年。

一九零零年六月二十二日，一個名叫王圓籙的道士在莫高窟清理積沙時，很偶然地發現了震驚世界的第一藏經洞。這真是一個讓中國人感情複雜的日子，滿滿一洞的古物，終於重見天日，再次證明中華文化的博大精深、瑰麗多彩和海納百川。但同時，中國近代史上最集中、數量最大、損失最嚴重的文物流失災難便也拉開了序幕。中國的榮耀與恥辱，在這個洞穴中吞吐。外國探險者聞風而來，他們以小小的恩惠，從王圓籙手中買走

了一箱又一箱價值連城的藏經洞文物，或者公然搶掠，奪去了莫高窟內無數精美的壁畫和雕塑。

據目前世界各地已公布的數字統計，流失外國的敦煌文物，總計數量在藏經洞文物中佔三分之二以上。當中國學者研究自己國家的敦煌文獻時，還要向國外購買縮微膠卷。這是每一個中國人的心中之痛！

敦煌藏經洞內的五萬多件文獻，是個內容浩瀚的中古時代百科全書，幾乎涉及到社會和自然科學的各個方面，經過中外學者的研究，從中目前已經發現了許多世界第一。

在自然科學方面，敦煌學家從文獻中發現了世界上最早的紙、最早的活字、最古老的書籍、最早的報紙、最早的火槍、最早的馬具、最早的星象圖等；在社會科學方面，科學工作者從中發現了世界上最早的連環畫、最早的樂譜、最早的棋經、最早的標點符號、最早的栗特語文書、最早的硬筆書法、最早的舞台演出圖等。

敦煌文獻中還有多少個世界第一，這個謎只有等待全世界的敦煌學專家在進行深一步的研究中解開了。

說敦煌是一本活生生的歷史書，一座龐大的博物館，這一點也不過分。一九八七年，莫高窟獲准列入《世界遺產名錄》，被譽為「中古時代的百科全

守護寶藏的公主

書」……

　　小嵐專注地聽着，她被莫高窟的故事深深震撼了，莫高窟的博大、輝煌令她神往，莫高窟所遭受的劫難令她遺憾，所以當倪文軒的講話告一段落，問大家有沒有問題要問時，她便馬上舉起手。

　　倪文軒微笑着作了個「請講」的手勢。小嵐便起立發問：「圓明園四件流失文物，在百年之後被買回。同樣流失了百年的藏經洞文物，又何時能回歸呢？」

　　倪文軒說：「問得好！從道義上講，我們完全應該拿回屬於自己的東西，但這事情畢竟太複雜了，不可能一蹴而就。如通過法律途徑解決，牽涉到的國際法問題太過複雜。我想，這事最終的解決方法只能通過外交途徑，但這可能需要幾十年的時間。」

　　小嵐心裏很是忿忿不平，要拿回自己的東西都這樣困難，這太不公平了！

　　都怨那個王道士，因為貪圖小小的錢財，就出賣我們中國人的寶貴財產！

　　愚蠢、無知、貪婪，導致國寶流失，說王道士是千古罪人一點也不過分！

第 3 章　罪人的後代

　　倪院長講話後，典禮繼續進行。小嵐想爭取時間去參觀莫高窟，便跟父母說了一聲，悄悄離開了會場。

　　莫高窟上下五層，南北長約一千六百米，是一座融繪畫、雕塑和建築藝術於一體，以壁畫為主、塑像為輔的大型石窟。小嵐走進那外面看來簡單無比而裏面竟是藝術寶庫的洞窟，利用昏暗的手電，在四壁與窟頂尋找從古代流傳下來的精彩。

　　從未來佛到經變畫，從五色鹿到反彈琵琶，看不盡歷史的絢麗，理不清藝術的真容，小嵐完全被洞裏的美麗和壯觀驚呆了。

　　最令小嵐歎為觀止的是莫高窟的「飛天」壁畫。傳說中，飛天是佛教中稱為香音之神的能奏樂、善飛舞、滿身異香而美麗的菩薩。

　　單一的美令人賞心悅目，無數的美令人心靈震撼！只見牆壁之上，飛天在無邊無際的茫茫宇宙中飄舞，有的手捧蓮花，直衝雲霄；有的腳踏彩雲，徐徐降落；有的穿過重樓高閣，宛如游龍；有的則隨風飄蕩，悠然自得。畫家用那飄逸奔放的線條、絢麗多變的色彩、舒展

和諧的意趣，呈獻給人們一個優美而空靈的想像世界。

啊，那對飛天太美太美了！看，一個在前面飛，揚手散花，回首呼應，另一個在後面追，長長的彩帶隨風飄向了身後……

忽然，她被什麼絆了一下。

哎呀，原來她太過專注，竟撞到一個正在臨摹壁畫的人身上了。小嵐忙道歉：「對不起對不起！」

那人轉過頭來：「沒關係！」

這是個二十來歲的男青年，他的頭髮留得長長的，戴副黑框眼鏡，頗有藝術家的氣質。他的目光一落到小嵐臉上，馬上露出了友好的笑容：「噢，原來是你！」

小嵐驚訝地問：「我們認識嗎？」

年青畫家笑說：「我認識你，你不認識我。我剛剛見過你從天而降，嚇退匪徒！」

「噢！」小嵐也不禁笑了起來，她朝畫家伸出手，自我介紹說，「我叫馬小嵐。」

畫家握住了她的手，說：「我是王銘心，敦煌研究院的研究員。你喜歡飛天？」

小嵐笑道：「是呀，喜歡她的美麗，喜歡她的飄逸，喜歡她的脫俗出塵……反正，很喜歡很喜歡！」

王銘心笑着說：「看來我今天遇到知音了，在敦煌壁

畫裏，我最喜歡的也是飛天。我畫飛天畫了二十年了。」

「二十年？」小嵐驚訝地看着王銘心，看樣子他不過二十四五歲吧，怎可以有二十年畫齡！

王銘心好像看透了她的想法，他解釋說：「我家世代住在敦煌，三四歲，別的孩子上幼稚園的年齡，我就跟着爺爺、爸爸和媽媽來到這裏。爺爺和爸爸是從事保護壁畫工作的，媽媽是敦煌研究院的畫家，每天的工作就是對着壁畫臨摹。我每天窩在石窟裏，看畫，看媽媽臨摹，耳濡目染，就也拿着媽媽的畫筆畫起畫來。我最喜歡那些會飛的神仙，所以就愛上了飛天，每天畫飛天成了我幼年最開心的事。」

小嵐欽佩地看着王銘心：「啊，原來是這樣！怪不得你畫得這樣好！」

「不，離前人的技巧，我還差得很遠呢！」王銘心指着壁畫，「你看，為了能表現出飛天的動感，畫家們特意在她們的衣裙飄帶和天空中的流雲上下功夫，人體的動勢和衣帶、雲氣、飛花構成了和諧的飛行韻律，好像是人體的動勢導致了衣帶的飄動，微風的蕩漾又使飛花隨意飄浮；又好像是風吹雲動才導致了衣帶的飄揚，雲動帶飄又推動着人體的飛翔。有形的人、飄帶、雲、花和無形的風互相影響滲透，形成一組永遠飛升的統一旋律……」

守護寶藏的公主

公主傳奇

小嵐高興地說：「你講得真好。經你這樣一解說，我對飛天壁畫的認識更深了。」

王銘心說：「你不嫌我嘴笨的話，我當你的嚮導兼解說好了。」

小嵐一聽喜出望外：「太好了，謝謝你！」

王銘心帶着小嵐，一個洞一個洞地看着，一洞有一洞的美麗，一洞有一洞的壯觀。

王銘心說：「小嵐，現在讓你看看敦煌壁畫中最生動的畫面！」

「好啊！」小嵐興致勃勃的。

好一幅極具氣勢的狩獵圖！在連綿山巒中樹木叢生，樹叢中有躁動的野豬羣、驚悸的野羊、奔跑的麋鹿、驚逃的野牛、兇狠的豺狼，畫面中央是一位騎士張弓射虎的緊張場面。

王銘心說：「這畫在構圖上的精心營造，還有對人物、動物形象的逼真表現，即使與現在的優秀繪畫相比也絲毫不遜色，而且作為一種史料它還有着極高的歷史價值……」

王銘心說話滔滔不絕、如數家珍。

他們又走進了另一個洞。令人惋惜的是，一半以上的壁畫都模糊不清，顏色漸褪、表層脫落，有的勉強可

以看到畫的輪廓，有的地方就只留下一點痕跡，小嵐驚問：「怎麼會變成這樣？」

「這是被稱為壁畫癌症的酥鹼病造成的。莫高窟有一半以上的壁畫正遭受酥鹼病的折磨，最終剩下一塊空壁。」王銘心指着一幅模糊不清的壁畫說，「這是《都督夫人太原王氏禮佛圖》，它是整個莫高窟中第一幅等身高供養人像，具有極高的藝術價值。可惜，這幅畫越來越模糊，很快就會徹底消失了。」

「如果能夠發明一種東西，能夠保護壁畫，防止酥鹼病，這就好了。」小嵐說。

「對。我們有關科學家正在研究一種壁畫保護劑，要是成功的話，可以防止壁畫繼續損壞。還有，可以用這保護劑重新複製莫高窟壁畫，那時，這些美麗的瑰寶就可以千秋萬代保存下來了。」

「真希望快點試驗成功。」小嵐又由衷地說，「王銘心，你懂得真多！你們家真是敦煌研究世家啊，你爺爺、爸爸、媽媽全是從事研究和保護敦煌的工作，真了不起！」

「不瞞你說，我們是為了贖罪。」王銘心低下頭。

「啊，贖罪！」小嵐大為震驚。

「你聽過王圓籙這個人嗎？」王銘心說。

守護寶藏的公主

「聽過！不就是那個為了錢出賣藏經洞寶物的千古罪人嗎！」小嵐一提起這個人就很憤慨。

王銘心臉上紅一陣白一陣，他難過地說：「他是我的祖先。」

「啊！」小嵐愣住了，「王圓籙不是個道士嗎？怎麼會有後代？」

王銘心說：「他未做道士前曾經結過婚，生了一個兒子……」

「哦！」小嵐看到王銘心難受的樣子，便說，「壞事是他做的，跟你們沒關係，你不用難過。況且，你們一家已經用實際行動，為莫高窟作出了貢獻。」

王銘心感激地看着小嵐：「謝謝你能理解。」

邊說邊走，王銘心又把小嵐帶進另一個洞窟，在洞窟中走了一會兒，看見了一個「洞中洞」。

「這就是第一藏經洞舊址。」王銘心告訴小嵐。

門是敞開的，洞窟很小，高不足兩米，面積僅三平方米多一點，小嵐站在門口，便可以一目瞭然。

裏面空空如也。

小嵐心裏百感交集，她眼前彷彿出現了百多年前的情景，無數珍貴文物被外國人一箱又一箱地搬走……

這中國人的遺憾，什麼時候才能得到彌補？

第4章　千年前的壁畫

小嵐本來準備和爸爸媽媽好好吃一頓午飯，自從幾個月前他們到烏莎努爾看過小嵐之後，一家三口就沒在一起好好聊聊了。

但她的計劃被打亂了。

在飯廳裏，一班敦煌學者和研究生，還有莫高窟的工作人員全都成了好奇的小孩子，他們圍着小嵐問長問短。一方面因為她的美麗可愛的樣子，一方面因為她上午的從天而降扭轉局面，還有就是因為她奇特的身分——一個黑眼睛黃皮膚的中國女孩，竟然是烏莎努爾、胡魯國、烏隆國、胡陶國四個國家的公主，這太不可思議了！

他們還不知道小嵐在明代的奇遇呢！要是他們知道小嵐曾被明朝皇帝朱棣封為福慧公主，那就更不得了啦！

作為父母的馬仲元和趙敏，倒成了「圈外人」，他們只好在外圍快快地望着女兒。直到午飯時間快完了，小嵐才「殺出重圍」，逃也似的拉着爸爸媽媽跑出了飯廳。

一家三口找了一處安靜地方坐下。

趙敏摟着女兒，一口氣問了很多：「小嵐，你在烏莎努爾過得好嗎？萬卡對你怎麼樣？你跟曉星和曉晴還是那樣要好嗎？……」

萬卡是烏莎努爾的年輕國王，他和小嵐，是眾人眼中的金童玉女。萬卡心目中早把小嵐當成未來的王妃，但小嵐卻遲遲不肯表態。

曉晴和曉星兩姐弟呢，他倆跟小嵐從小玩到大，從香港一直追隨小嵐到烏莎努爾，絕對是小嵐的好友兼死黨。這次要不是他們爸爸媽媽剛好到了烏莎努爾，要陪爸爸媽媽遊玩，他們早就跟着來敦煌了。

「好啊，好得不得了！」小嵐興高采烈的樣子，令馬仲元和趙敏知道她一定生活得很開心。

馬仲元跟趙敏常年從事考古工作，因於工作性質，兩人一年到頭都在世界各地跑，沒有時間陪伴女兒。知道女兒在烏莎努爾過得很快活，兩人也就放心了。

三人正親親熱熱地說着話，倪文軒笑容滿臉地走來了：「小嵐呀，你真是個人物！莫高窟曾經來過許多位國家元首，但都沒有你這麼受歡迎呢！」

他又看着馬仲元和趙敏：「你們夫婦可真有福氣，有這麼一個絕頂出色的女兒。要是我有這麼一個女兒，

睡着了也會笑出聲呢！」

趙敏和馬仲元齊聲説：「過獎了！」

但從他們甜滋滋的笑容裏可以看出，他們根本就是認可了倪文軒對女兒的稱讚。説真的，小嵐是他們夫婦一生中最大的驕傲。

小嵐拉着倪文軒的手：「倪伯伯，您還沒有跟我解釋，那些匪徒為什麼會害怕我呢！」

「這是上午匪徒脅持我時，給我看的那張照片。他們要我帶他們去找這幅壁畫。」倪文軒拿出一張照片，指點着，「你們仔細看看，這壁畫上小仙女的樣子像誰？」

「小嵐！」趙敏和馬仲元喊了起來。

小嵐看着照片直發楞，太匪夷所思了！這身穿白衣手捧白蓮花的小仙女，竟跟自己長得一模一樣！

怪不得那些匪徒如此驚駭。他們脅持人質，追問壁畫的所在，目的是要搶走這幅壁畫。誰知道，那畫上的仙女竟從天而降，還口口聲聲譴責他們的所作所為，這怎麼能不令這班做賊心虛的匪徒心驚膽戰呢？他們一定是以為畫中神仙顯靈，來懲罰他們了。

小嵐驚訝地問：「這畫是在哪裏發現的？不明底細的人，還以為是我的肖像畫呢！」

倪文軒說：「這畫在我們剛發現的一個『洞中洞』裏。我們把她命名為『天外飛仙』。」

趙敏和馬仲元異口同聲地說：「能讓我們參觀一下原畫嗎？」

小嵐也說：「是呀是呀，我太想看了！」

倪文軒說：「這洞窟到目前為止都還沒有對外開放，但你們例外。我現在就帶你們去。」

倪文軒在前頭引路，走了十來分鐘，停在一個石窟前。那石窟被一扇厚重的門鎖住了，門口還有一個人守着。

那人見了倪文軒，叫了一聲：「倪院長！」

倪文軒指示道：「把門打開。」

「好！」

「咔嚓」一聲，門打開了。

倪文軒把小嵐一家帶進石窟，在一條長長的甬道走了一會，又走進了甬道旁邊一個洞。那個洞跟別的石窟很不同，就是四壁都是空的，不像別的石窟一進去就是鋪天蓋地的壁畫。

走了幾十米，已是石窟盡頭，那裏出現一堵巨大的石壁。當倪文軒用手電筒照向那堵石壁時，大家竟呆若木雞！

那石壁上，畫的就是「天外飛仙」。

比起剛才的照片，這壁畫帶給大家更大更大的震撼。

真人大小的小仙女，顯出超凡脱俗的美，她身穿白衣，雙手捧着一朵白蓮花，衣裙飄飄，正含笑注視着來看她的人⋯⋯

鮮艷的色彩、柔和的線條、人物的靈動美麗，令人感受到了繪者內心激情的湧動以及絕頂的藝術天分。正是這種激情，這種天分，才令壁畫具有了令人無法平靜的震撼力量！

馬仲元首先打破沉默：「天哪，真美！」

趙敏長長呼出一口氣：「真像小嵐，連神髓都像！」

倪文軒説：「所以早上甫見到小嵐時，我真是大大地嚇了一跳！」

小嵐站在栩栩如生的畫像前，感覺上是看着一面鏡子，裏面照出了一個古裝打扮的自己。她內心既震驚，又有點怪異莫名。

這畫家究竟是什麼人？為什麼會畫出她的肖像？

她狐疑地説：「會不會是一個熟悉我的人，把我的樣子畫在這裏。」

「絕不可能！」倪文軒指着壁畫上的落款説，「你

29

們看，這是一幅北宋時期的作品呢！」

這邊小嵐仍在為畫中人像自己而困惑，而出於專業知識的敏感，趙敏和馬仲元已經發現了另一個令人驚訝的現象。

趙敏細心端詳着壁畫，說：「這壁畫保存得太好太完美了！」

馬仲元說：「對，那色彩，鮮艷得就像昨天剛塗上去的。那表面，光滑平整，沒有一點裂紋，沒有一點剝落，跟其他壁畫，簡直有天壤之別……」

倪文軒點頭微笑說：「兩位果然是考古高手，一語中的！」

趙敏說：「北宋距現在已有一千多年，這畫的顏色仍能保持鮮艷，這畫的用料大有文章。」

「對，我們的科研人員經過研究，竟發現這畫的顏料裏面含有一種能令書面永久不衰的物質！」

小嵐十分驚訝：「什麼人這麼厲害，竟然在一千年前就持有這麼高科技的東西！」

「我們的科研人員按照那物質的配方，進行了精密的分析研究，剛剛在今天研製了一種叫『美是永恆』的新產品。我們已準備在莫高窟壁畫複製中試用。」倪文軒說着，從口袋裏拿出一盒東西，「這是今天剛剛製

成的第一批試驗產品，把它混在顏料裏就可使用。如果成功的話，我們複製的壁畫，就能像這『天外飛仙』一樣，能留存千萬年，永不變色。」

倪文軒打開盒子，裏面整齊地放着六個玻璃小瓶子，他拿起一瓶，遞給小嵐：「這瓶送給你吧，留作紀念，感謝你上午救了我。」

「謝謝！」小嵐高興地接過小瓶子，她打開蓋子，湊近看看，裏面是一些白色的粉末，「啊，這些不起眼的粉末，竟然有這樣的神奇功效。」

倪文軒喜滋滋地説：「所以，你該明白我為什麼連命都不要，也要保住這幅壁畫，不讓它落入劫匪手裏了。這畫不光美麗絕倫，更是敦煌壁畫的救星啊！」

眾人目光全落到那「天外飛仙」上面，那美麗小仙子的眼睛，含着純真、柔和，也盯着大家。

「這畫真有一股不可思議的神奇力量，令人沉醉！」倪文軒歎道。

趙敏若有所思：「敦煌莫高窟裏大小洞窟七百多個，壁畫四萬五千平方米，為什麼獨獨這幅能完美保存？」

馬仲元説：「還有，這小仙女，為什麼這麼像小嵐？」

倪文軒慨歎着：「這只能是莫高窟的又一個千古奇

守護寶藏的公主

謎了。」

　　小嵐明白倪文軒話裏的意思，因為敦煌另外還有一個令人困擾的千古奇謎，那就是傳說中的第二藏經洞至今蹤跡全無。

　　這時候，趙敏看了看手錶，說：「看來我們該走了，接我們的車子快到了。」

　　「啊，你們又要走啦！」雖然早就知道父母下午要動身去敦煌城，然後乘夜機去西安，在一個文物研討會上演講，但臨到分離，小嵐還是感到很不開心，眼睛竟紅了。

　　趙敏摟着女兒，心裏也萬般難捨，但她和馬仲元都是國際級的文物考察專家，這就注定了他們一年到頭都要在全中國甚至全世界各地奔走，哪裏有難鑒定的出土文物，他們就要奔向哪裏。

　　「媽媽，那我跟你們一塊走好了，起碼我們可以一起去敦煌，路上還有時間說說話。到了敦煌，你們去西安，我回烏莎努爾。」小嵐雙手摟緊媽媽，一點不肯鬆手。

　　倪文軒說：「小嵐，我建議你今晚還是留在莫高窟。」

　　小嵐不解地問：「為什麼？」

倪文軒説：「今夜十二時正，會出現一個奇異的天文現象，那就是約一千年出現一次的十星連珠。」

小嵐感到很新奇：「十星連珠？」

倪文軒點點頭：「對，就是十顆星星在天空連成一條線。十星連珠上一次發生在北宋時期，而下一次，就要三千零零年以後了。」

「啊！」小嵐驚訝極了，「那很難得啊！」

倪文軒説：「莫高窟上空天高雲淡，四周萬籟無聲，是靜心觀星的最佳地點。所以，我建議你留下來，一睹這千年不遇的奇景。」

小嵐有點猶豫。

馬仲元伸手拍拍她的腦袋，説：「倪老説得對，要不是我們要趕着明天一早開會，我們也想留在這裏觀星呢！」

趙敏也説：「這樣吧，我保證西安會議結束後，馬上去烏莎努爾看你，住上幾天，怎麼樣？」

小嵐這才鬆開了摟着趙敏的手，用小指頭去鈎住趙敏的小指，説：「那我們鈎鈎手指，不許反悔啊！」

「好好好！」趙敏笑着跟小嵐鈎了鈎手指。

兩個人一齊説：「拉鈎，上吊，一百年，不許變！」

馬仲元和倪文軒看着，都笑了起來。真是個小孩子！

第 5 章　今夜十星連珠

千年不遇的天文奇景啊，千萬別錯過了！

小嵐怕睡過頭，所以一直睡不安穩。到了十一點多，她實在睡不着，便乾脆起牀，拿了個小手電筒，跑出戶外。

啊，原來跟她一樣睡不着的大有人在。看，已經有不少人佔了有利位置，三五成羣，靜靜地坐着，等着看天文奇景了。

小嵐不想跟別人擠在一起，環顧四周，見到不遠處有座小山丘，便一路小跑過去，很快便跑到了小山頂上。

小嵐在一塊平滑的石頭上坐了下來。小山上光秃秃的，連草都沒有一根，這是沙漠特有的情景——干燥，令到這裏鮮有綠色植物。

小嵐突然注意到，離她十來米的地方，有兩座黑黝黝的拱起來的土堆，她閒着沒事，便走過去看看是什麼。

原來是兩座墳墓。

在這寂靜又荒涼的小山丘上乍見到墳墓，要是放在

別的女孩子身上，早嚇得魂飛魄散。但小嵐非普通女孩，她不但不害怕，還饒有興趣地走近細看。

這裏前不着村後不靠店，有誰會葬在這裏呢？

兩個墓，一個是用石砌的，墳前有一塊石碑，但已經斷了一截，只剩下小半截露出地面。小嵐見碑上有字，便蹲下用手電照着，隱約可見，是「父泣立」三個字。不知是那位傷心的父親，白頭人送黑頭人，為兒子或女兒建了這座當時一定是挺氣派的墓。

另一個墓，看樣子年代不太久，石碑仍完好，只是上面的字卻全都很模糊。小嵐用手電照着辨認了很久，才勉強認得模模糊糊的幾個字：天之墓。

天之墓？什麼意思？莫非埋了個皇帝？天，天子嘛！不過，應該不是。要是埋了個皇帝，還不當作一級保護文物給保護起來？

這兩個究竟是什麼人？

小嵐在墓前呆了很久。連她自己都覺得奇怪，為什麼這樣關心這兩座沙漠上的孤墳。她聳聳肩，折回大石，坐了下來。

莫高窟的夜，是寧靜的夜。淡淡的月光，帶有幾分神秘和幽遠，照着古樸的令人迷醉的莫高窟。

悠悠一千六百多年，期間多少滄桑變遷！莫高窟是

不幸的，她曾遭受一次又一次的浩劫，她是中國歷史上一筆沉重的哀歎；莫高窟又是幸運的，多少人在關注她、保護她，只為這顆藝術奇葩，永遠在中國大地上熠熠閃光！

無垠的夜空，無數星星在閃爍着。小嵐覺得，這些星星陪着美麗的莫高窟走過了千年歲月，一定知道期間發生的許多感人故事。

星星，你知道「天外飛仙」的故事嗎？你見過那個跟我長得一模一樣的小仙女嗎？你又知否第二藏經洞在哪裏？

小嵐正遐想着，忽然發覺身邊站了個人，扭頭一看，原來是王銘心。他手拿着東西，肩上還挎着一個大背囊，正朝着她笑。

小嵐笑了起來：「還以為這是我一個人的領地呢，沒想到還是讓人入侵了！王銘心，你是來看十星連珠的嗎？」

「是呀！」王銘心看了看周圍環境，說，「咦，你這個位置不錯。」

他把手裏拿的和背上背的全都卸在地上，打開背囊，拿出一架天文望遠鏡和一個鐵腳架。

「我們來個互惠互利好了。你借一點土地給我，我

讓你使用望遠鏡。」王銘心笑着說。

小嵐笑道：「好吧，成交！」

王銘心擺放好望遠鏡，離十星連珠還有些時間，兩個人便坐在大石頭上，閒聊起來。

小嵐指着墳墓，問道：「那裏為什麼會有兩座墳？裏面長眠的是什麼人？」

王銘心說：「傳說中，是兩名年輕人，他們都是為保護莫高窟而死的，所以人們把他們葬在這高高的小山上，好讓他們每天都能看見莫高窟。不過具體姓名已不可考。這裏的人習慣把這這兩座墳叫做雙子墳，所以這小山丘也被叫做雙子山……」

小嵐一聽是為保護莫高窟而死的，不由肅然起敬，心想如果下次有機會再來這裏，一定帶上兩束花，獻給那兩名勇士。

這時候，聽到有人在喊：「王銘心！王銘心！」

王銘心忙應道：「誰找我？什麼事？」

「倪院長到處找你呢！你不是答應了替他調校天文望遠鏡的嗎？」

王銘心一拍腦袋：「瞧我這記性！小嵐，你先在這呆着，我一會兒就回來。」

王銘心走後，小嵐仰面躺在大石頭上，閉目養神。

守護寶藏的公主

莫高窟，靜得像座空城，人們都在靜靜地等待着那千年
不遇的時刻。

「嘀嘀嘀！」小嵐的手表突然響了。她一骨碌坐了
起來，一看表，十一點五十九分，這是她調好的準備觀
星時間。

十星連珠要開始了！

大地一片寧靜，相信所有等待觀星的人都像小嵐一
樣，連大氣都不敢出。

突然，山下響起一片歡騰。小嵐抬頭望去，只見深
藍色的天空中，肉眼可見十顆星星連成一線，就像一串
鑽石，閃閃發光，蔚為奇觀⋯⋯

「哇，真美！」小嵐驚歎着。

她剛要邁步走向王銘心架好的望遠鏡，這時候，不
可思議的事情發生了。

十顆星星發出的光突然聚成一束眩目的白光，直向
雙子山射來。而幾乎同時，小嵐脖子上的月亮墜子，也
發出了一道藍光，與白光相接。

小嵐驚詫莫名，她想喊，但喊不出聲。白光和藍光
漸漸融合，變成了一股流轉着的淡藍色光，這股藍光不
斷瀰漫着，竟把小嵐整個人包圍住了。

藍光帶着小嵐升起，升起⋯⋯

這時候，不可思議的事情

發生了……

小嵐感覺就像被一股無形的力量轉着，越轉越快，越轉越快。這情景好像經歷過，什麼時候？對，就像之前穿越時空到明代的情形。

時空器早被曉星弄丟了。沒有時空器，自己不可能穿越時空呀！

怎麼回事！

但小嵐已沒有足夠的時間去冷靜分析了，她身不由己地在空中旋轉着，頭昏腦脹。她只好緊閉雙眼，盡量放鬆身體，任由那股力量把她翻捲着。

不知過了多久，忽然，「嘭」的一聲，她的身體終於着地了。

落地點軟軟的，好像是一張厚厚的地毯，但由於飛速下落，小嵐仍然感到了身上一陣痛楚，她昏過去了。

第 6 章　天上掉下來的小仙女

「悉悉悉」，一陣小蟲的叫聲把小嵐驚醒了。

聽到一把男孩子的聲音：「姐姐，我明明看見那個人落到這裏了，怎麼就不見了呢？」

這聲音怎麼好熟悉？！

小嵐想睜開眼睛看看，但眼皮很重，努力張了幾下都張不開。

「天哪！」接着又聽到一聲少女的驚呼，「弟弟快來，在草叢中呢！」

咦，這女孩的聲音也很熟悉呀。究竟是誰？

小嵐感覺眼皮好像給縫上了一樣，怎麼也睜不開。

「來啦來啦！」一陣腳步聲，又聽到小男孩訝異地說，「哎呀，是一個長得很漂亮的姐姐！她一定是個仙女！」

「但仙女是會飛的，她怎麼會掉下來呢？」

「我猜猜！噢，她一定是被妖精所害，妖精在她身上施了魔法，所以就從天上掉下來了。」

「也許吧！噢，現在的神仙打扮可真特別，你看她穿的是緊身衣褲，就像戲台上的夜行俠。要是我也有這

樣一套衣服就好了！」

「姐姐，你別只顧着看人家衣服，快看看她有沒有受傷，她一動不動的，不會是死了吧？」

「真笨！她是神仙，神仙怎麼會受傷呢？神仙長生不老，是不會死的。」

「噢，那也是！姐姐你今天怎麼聰明起來了。」

「壞小子！我平常很蠢嗎？」

「嘻嘻，一點點啦。」

「你找死啊！」女孩罵了一聲，她又説，「這女孩的睫毛好長啊！要是我的睫毛有那麼長就好了！」

小嵐感覺到有人湊得很近，呼出的熱氣直噴到她臉上。她受不了，用力一撑，張開了眼睛。

她馬上大吃一驚！

月光下，清晰可見一男一女兩個孩子蹲在自己跟前，好熟悉的臉孔，分明是曉晴和曉星！只是他們都穿着古代服裝，曉星身上還挎了個大布袋，裏面脹鼓鼓的，好像裝滿了東西。

小嵐十分困惑，自己是被強光帶到這裏的，但身在烏莎努爾的他們，怎麼也到了這裏？

而更怪異的是，他們竟然好像不認識自己。

「神仙姐姐，你好呀！我叫小吉，這是我姐姐小

雲。」小男孩眼睛一眨不眨地，好奇地看着小嵐的臉，「你叫什麼名字？」

「我叫馬小嵐。」

小嵐看着眼前兩人，竟不知該作何反應。

明明是兩張熟悉得不能再熟悉的臉孔，明明是自己最好最好的朋友，怎麼竟是另一個身分的人。

小嵐甚至有點懷疑，曉星這傢伙向來古靈精怪，難道是跟他姐姐曉晴串通好捉弄自己？

「你真的叫小吉？」

男孩眨巴着眼睛，神情很是困惑：「是呀！周小吉。神仙姐姐，怎麼啦？」

小嵐觀察着他的神態，的確不像開玩笑的樣子。她看看小吉，又看看小雲，心想，怎麼世上竟會有這麼像的兩對姐弟！

小吉又再問：「神仙姐姐，怎麼啦？」

小嵐說：「沒什麼，我只是覺得你們兩姐弟很像我兩個很要好的朋友。」

小吉大為興奮：「我們像你的朋友？太好了，你就把我和小雲姐姐當成你的朋友好了，我太想跟神仙交朋友了！」

他又問：「小嵐神仙姐姐，你怎麼會掉到凡間的，

是妖怪害你的嗎？」

小嵐不知怎樣回答才好，只是含混地「嗯」了一聲。

小吉說：「剛才，我和姐姐正在看星星，忽然見到天邊有一團藍色的光，那光直向我家射來，越來越近，越來越近，原來是你在藍光中⋯⋯」

小嵐想起了剛才發生的事，一定是十星連珠那道藍光把她弄到這裏來了。她想馬上弄清狀況，便問：「請問，這裏是什麼地方？」

44

小吉說：「這是我家的後花園呀！」

「我的意思是⋯⋯」小嵐正想着怎樣說，

一直沒說話的小雲明白了她想問什麼：「這裏是敦煌城。」

「噢，敦煌城！」小嵐心裏篤定了點，幸好還在敦煌，她又問，「我想問，現在是什麼年代？」

小吉瞪大了眼睛：「神仙姐姐，你別是讓妖怪打壞了腦子吧，怎麼連現在是哪一年都不知道！」

「笨！你沒聽過『天上方一日，世上已千年』這句話嗎？天上計年份跟凡間是不一樣的。」小雲瞪了他一眼，接着回答小嵐的疑問，「現在是大宋呀，是趙家天下。」

大宋？媽呀！原來剛才自己真的是穿越時空了。

之前曾經回過自己出生那年，後來又去了六百年前的明代，現在更不得了啦，來到了宋代，足足穿越了千年呢！

小吉見小嵐怔怔的，便說：「神仙姐姐，你不用擔心。儘管你在這裏人生路不熟，還面臨打仗，但是有我們呢！你到我們家住，我們保護你好了。」

小雲也說：「是呀，小嵐你到我們家住吧！」

「謝謝你們。」小嵐又問，「小吉說現在打仗，是誰跟誰打仗呀？」

小吉說：「西夏王李元昊，他老是想霸佔敦煌，最近傳得很厲害，說他正調動軍隊，準備攻城呢！」

「哦！」小嵐若有所思。

李元昊攻打敦煌那一年，不就是藏經洞啟用那年嗎？正因為李元昊發動戰爭，當時的僧人們為了避免許多珍貴物品毀於戰火，才秘密挖了兩個藏經洞，把許多珍貴的經書藏到裏面。

小嵐不禁興奮起來。十星連珠把自己帶到此時此地，也許冥冥之中老天有所安排呢！

自己可能無法制止這場戰爭，但起碼可以弄清兩個藏經洞的位置，這就可以避免日後第一藏經洞落到王道士手中，令洞藏散失。而第二藏經洞一直找不到，成為

千古之謎。

　　還有，小嵐也可以趁機弄清一件事，究竟是誰在宋代畫了一幅《天外飛仙》壁畫，畫裏的小仙女為什麼跟自己一模一樣。

　　小嵐越想越興奮，至於怎樣想辦法回到現代社會，她也暫時不去多想了。反正，車到山前必有路，天下事難不倒馬小嵐！

　　這時，小吉又問：「神仙姐姐，你還沒有回答我，你為什麼掉到凡間來了，是誰害你的？」

　　「我⋯⋯」小嵐猶豫了一下，「要是我說，我不是神仙，只是一個來自一千年後的人，你們信不信？」

　　「哈哈哈，神仙姐姐真會開玩笑！」小吉自己首先仰頭笑了一會，又說，「你說自己不是神仙，但又是從一千年後來到這裏的。這不是神仙又是什麼呢？凡人哪有這種能耐，可以回到一千年前！」

　　小雲雖然沒有立刻表示什麼，但從她瞅着小嵐的眼神，就知道她也不相信小嵐的話。

　　「哦，我知道了！」小吉突然喊起來。

　　小嵐心內歡喜，以為他這麼快就領悟了什麼。誰知那傢伙說：「我知道了，神仙是不能在凡人面前公開自己身分的，對不對？小嵐姐姐，不要緊，我和小雲姐姐心知肚

明就是了，絕不跟別人提起，我家老爹也不講。」

小嵐沒好氣地瞪着他，真是個自作聰明的傻小子！

小吉又說：「神仙姐姐，你能教我法術嗎？我想學隱身術，這樣即使在家的時候，爹爹也看不見我，這就省了他一天到晚跟我囉囉嗦嗦的。」

小嵐哭笑不得。幸好小雲來解圍了。

「哎呀！就你麻煩。你看小嵐身上髒兮兮的，我們快帶她去換身衣服，休息休息再說吧！」她又在小嵐耳邊嘀咕，「別管他，要教也先教我，我想學長生不老術，五十年以後，還像現在一樣青春美麗。」

小嵐聽了又好氣又好笑。

小雲拉着小嵐的手走出花園，又說：「幸虧爹爹睡着了，他是天字第一號老好奇，什麼事都要刨根問底的。要是讓他看見你從天上掉下來，怕他比小吉還要煩上十倍呢！」

「姐姐，你的嘴好損！爹爹常說，好奇的人才會有長進，才會博學呢！」他又轉頭對小嵐說，「神仙姐姐，要是爹爹問起，我就說你是我學堂裏的同學好了。」

小雲瞪他一眼：「笨蛋！你那學堂有女孩子嗎？」

小吉撓撓腦袋：「那……」

小雲說：「你就認作我的好朋友瑤琴好了。反正在

父親眼裏，每個女孩子都一個模樣，他認不出來的。」

小嵐點點頭説：「好啊！從現在起，我就是瑤琴。」

小雲用手搭着小嵐的肩膀，那樣子就像交往了多年的朋友，她熱情地説：「小嵐，你就安心在我們家住下來，等住膩了，再回天上。」

小嵐笑着説：「好，謝謝你們！」

也真幸虧遇到了這兩姐弟，要不，小嵐一個女孩在這無親無故的古老年代，呆一天也難啊！

周家大宅裏靜悄悄的，連兩個守夜的人都靠在花園的石桌上睡着了。

三個人躡手躡腳地走回房間。

小雲把小嵐拉進自己的閨房，回頭見小吉也想進來，便把眼睛一瞪：「喂，別仗着自己小就不避嫌了！小嵐要換衣服，男孩子不能進來！」

小吉只好快快地留在門外。

小雲拿了一套自己的衣裳給小嵐換上，她倆身材差不多，穿上去還挺合身呢，小嵐馬上變成一個古代女孩了。

但有個大麻煩。

小嵐是短頭髮，那時候的女孩子哪有這樣的呀！

小雲想了想，變戲法似的從抽屜裏拿出了一個假

髮，給小嵐一戴，還真看不出來是假的呢！

小嵐看着鏡子，很滿意自己的裝扮，不禁讚道：「小雲你可真行，連假髮也有。」

小雲得意地笑着：「這是小吉用過的。早前爹爹五十大壽，我們自編自演了一齣戲，叫《七仙女獻桃》。因為臨時找不到七個女孩子，就拉小吉湊數。假髮一戴，還真看不出是假扮的呢！」

這時候，小吉在門外等急了，小聲叫着：「小雲姐姐，小嵐姐姐，我可以進來嗎？」

小雲不耐煩地說：「現在什麼時候了，睡覺去！」

小吉死賴着：「我不睏，我想早點學隱身術。」

小雲說：「你不睏，我和小嵐還睏呢！沒商量，回去睡覺，明天見！」

小吉在門外不滿地嘟噥了一會兒，最後還是走了。

兩個女孩年齡差不多，再加上小雲還長得跟曉晴一個樣，所以小嵐很快就跟小雲熟絡了。兩人親親熱熱地鑽進被窩。

「哎，小嵐，我問你，天上漂亮男孩多嗎？」小雲一點睡意也沒有。

「唔，多。」小嵐又睏又累，不想再解釋，就含混地說。

49

守護寶藏的公主

「哈，太好了！」

「太好了？」

「嘻，我的意思是，天庭一定很漂亮，再加上很多俊男美女，就更賞心悅目了。」

「哦！」

「小嵐，你⋯⋯你能找機會帶我上天庭看看嗎？」

「好⋯⋯」

「太好了！」小雲十分雀躍，她又說，「到時候，你就介紹一個最漂亮的男孩給我認識，行嗎？」

「好⋯⋯」

「太好了太好了！」小雲更興奮了，「你能把你剛才穿的那套神仙衣服送給我嗎？」

「好⋯⋯」

「太好了太好了太好了！」小雲手舞足蹈的，「小嵐你真是好人！」

「好⋯⋯」

小雲一聽不對勁，一看，小嵐早已睡了，只是嘴裏機械地應着一個「好」字。

「喂！」小雲嘟着嘴，推了小嵐一下，委屈地說，「原來你根本沒聽見我說什麼⋯⋯」

「好⋯⋯」

第 7 章　峯迴路轉

「砰砰砰！」天矇矇亮，門就被人敲得震天價響，把小嵐和小雲弄醒了。

小雲嘟嘟噥噥地埋怨：「一定又是小吉那小子！」

小嵐卻撲嗤一聲笑了起來。這小子，怎麼連性格都像曉星！他們也姓周，莫非是曉星曉晴的哪一代祖先？

她現在的感覺，就彷彿是跟曉晴曉星姐弟在一起。

門一開，小吉就一陣風衝了進來：「小嵐姐姐，快教我隱身術。」

又來了又來了，煩不煩！這小子真跟曉星一樣德性！

小嵐和小雲互相使了個眼色（天知道她們為什麼能心有靈犀），兩人一起抓住小吉，「咯吱」侍候。小吉癢得哇哇大叫，大喊救命。

小嵐和小雲這才住了手，得意洋洋地看着小吉：「看你以後還敢不敢幹這擾人清夢的事！」

小吉委屈地說：「大欺負小，你們好過分！」

小雲摟着小嵐肩膀，得意地笑着。她顯然很開心多了小嵐這樣一個同盟軍。

這時候，僕人來請他們去吃早飯。

三個人去到飯廳時，小雲小吉的父親周偉還不見人。從小雲嘴裏得知，他們的母親早已去世，父親原來是當朝禮部的一名官員，因為性格耿直，得罪了上司，再難留在官場，他便乾脆辭官歸故里，回到敦煌來了。

一張古色古香的八仙桌上，放滿了各種精緻早點，還有一大鍋熱粥，蠻豐富的。一個管家模樣的中年男人一見到小雲和小吉，便作了個揖：「少爺小姐早安！」

小雲摟着小嵐，向那人說：「劉四叔，這是我的好朋友瑤琴，她來我們家玩，要住一段時間。」

劉四叔聽了，慌忙向小嵐作了個深深的揖：「琴小姐，早安！」

小嵐微笑點頭。

小吉問道：「劉四叔，我爹呢？」

劉四叔笑着說：「老爺收到消息，西安有個老朋友得了一塊好玉，他打算馬上起程去看看。正指揮人收拾行李呢！」

小雲對小嵐說：「我們老爹就這德性。他最喜歡那些古老十八代的東西，一聽說誰得了古玩，不管隔多遠，都會跑去看。」

正說着，聽到外面有人喊：「老爺，早安！」

話音剛落，一個中年男人風風火火地走了進來。他個子高高大大，樣貌慈眉善目的，一看就知道是個好脾氣的人。

「孩子們，讓你們久等了。呵呵，不好意思！」

小雲和小吉一見就咋呼起來：「爹爹該罰，讓我們等這麼久。」

「好好好，該罰該罰！你們要罰什麼？」周偉笑嘻嘻地問。

「罰……罰……」小吉想了想說，「罰您多給我們零用錢！」

小雲說：「罰您這個月給我做兩套新衣服！」

「行行行！」周偉笑着坐了下來。

小嵐覺得這家人蠻有趣的。還以為古代人都很講究禮節，君君臣臣，父父子子，父親絕對凌架於子女之上，子女絕對服從長輩，所謂「父要子亡，子不亡不孝」，沒想到還有這麼可愛的父親，這麼有趣的家庭。

這時，周偉忽然看見了坐在對面的小嵐：「咦，這漂亮女孩是……」

小雲趕緊說：「哎呀老爹，您可真健忘呀！她不就是早些年住隔壁的瑤琴囉。她們家現在搬到城東，我邀她來玩幾天。」

53

守護寶藏的公主

「瑤琴？哦，對對對，你小時候我還抱過你呢！不過，你那時候好像還沒這桌子高！」

正如小雲所説，周偉的確很粗心，一點都沒察覺小嵐是個冒牌貨，還很認真地問了一通「你家裏人好嗎？你家那邊治安好不好？你家的舖子生意有沒有受影響？」等等。

小雲和小吉在他們爹爹身後擠眉弄眼的很開心，小嵐忍得很辛苦才不跟他們一起笑起來。

「爹爹，好啦，你別再囉嗦了！您再講，説不定會把你的女兒或者兒子給餓死一個。」小雲埋怨道。

小吉説：「是呀是呀，吃完早飯，我還要瑤琴姐姐教我隱身術呢！」

「隱身術？」周偉顯得很奇怪。

小吉説：「哎呀爹爹，這是我們小孩子的遊戲，您就別問了。」

「好好好，我不問。大家吃……」「早飯」兩字還沒説出，周偉就突然住了嘴，兩眼直勾勾地盯着小嵐。

三個孩子全被嚇了一跳，還以為是周偉看出了破綻，知道小嵐是假冒的。

周偉兩眼睜得銅鈴般大，一副萬分激動的樣子。小嵐發現他視線的焦點，是她項鍊上掛着的藍月亮墜子。

一抹朝陽剛剛從窗外射進來，落在墜子上，發出眩目的藍光。

「你、你的墜子從哪來的？快，快告訴我！」周偉指着月亮墜子。

小嵐早就知道自己脖子上的這個藍月亮墜子不尋常，因為它曾經開啟過所羅門寶藏的石門，這次又令自己穿越時空來到宋代。

難道周偉知道它的來歷？

當年養父母在江邊長椅撿到自己時，這墜子就掛在自己脖子上。但是，這不能跟周偉講，因為自己現在的身分是瑤琴啊！

「這墜子嗎？是前不久，一位路過的高僧送給我的。您知道它的來歷？」

「沒有人知道它的來歷！我也僅限於知道，世界上有這樣一顆具有神奇力量的藍月亮墜子。傳說一千年前的一次十星連珠，這墜子與星輝交匯，產生巨大能量，把持有它的人帶到了未來。」

「啊，原來是這樣！」

在座三個孩子異口同聲喊了起來。

小嵐恍然大悟。怪不得自己沒有時空器也能穿越時空，原來跟這墜子和十星連珠的天文奇景有關！

　　小雲和小吉呢，也才知道小嵐沒有說謊，她真是從未來世界來的人。

　　「一千年一次的十星連珠昨天才發生過，那我豈不是要再等一千年才能回到未來？」小嵐小聲嘀咕着。

　　周偉聽不清她說什麼，只聽到她說「我豈不是要再等一千年才能回到未來」，便笑着說：「你不用等那麼久，兩天之後深夜子時，就有一次十星連珠。」

　　「真的？」小嵐驚喜萬分，但又有點疑惑，不是說十星連珠一千年才能碰上一次嗎？昨晚剛剛發生過，按道理，要再等一千年才能再遇上啊！

　　但細細一想，她不禁大大地「啊」了一聲，真笨！剛剛發生十星連珠的是未來的世界，不是宋代呀！

　　自己真好運氣，竟然回到了上一個千年的十星連珠之前！

　　事情真是峯迴路轉，兩天之後，自己就可以憑借十星連珠的力量，回到現代。哈哈，沒想到事情可以這樣容易解決。

　　小嵐不禁喜上眉梢，一個勁地朝周偉說：「謝謝！謝謝！」

　　周偉有點詫異地看着她：「謝什麼呀？」

　　小嵐笑道：「謝謝伯伯您博學多才，讓我知道了墜

子的秘密。」

　「哈哈，論古董，沒有人比我更熟悉的了。」周偉得意地笑了起來，「小姑娘，你一定要好好保管這墜子，這真是一件珍品啊！不過，如果你不想星月交匯時這月亮墜子把你帶到未來，你就別在十星連珠之時站在高處，如果墜子把你帶到另一個時間空間，那你就要一千年以後才能回來了。」

　「明白！」小嵐笑嘻嘻地說。

　吃完早飯，周偉就急着出門了：「小雲小吉，你們就好好陪陪瑤琴。最近老是傳説會打仗，到處都不安全，你們好好待在家裏，什麼地方都不許去。聽到沒有？」

　小雲和小吉異口同聲地回答：「聽到了！」

　「這就乖了。」周偉滿意地點點頭，「那我走了。」

　小吉哭喪着臉問道：「爹爹，您出去幾天？不要太長時間哦，我會想您的。」

　周偉聽了大為感動：「真是好孩子，懂得掛念爹爹。爹爹就出去五六天，很快回來。你們這麼乖，回來時給你們帶禮物。」

　「好，祝爹爹一路順風！」小雲小吉齊聲說。

守護寶藏的公主

周偉坐的馬車剛剛走出十幾米遠，小雲和小吉就哇一聲歡呼起來了：「太好了太好了，我們可以隨便玩隨便吃隨便跳了！爹爹出門萬歲！萬歲！萬萬歲！」

小嵐睜大眼睛看着那兩姐弟，説：「看你們這德性，好虛偽！」

小吉一邊跳一邊唱歌似的説：「隨你怎麼説，我們自由囉！」

小雲拉着小嵐的手：「我帶你去一個好地方。」

小嵐問：「去哪裏？」

小雲一臉興奮，喜滋滋地説：「莫高窟。」

「莫高窟？太好了。」小嵐大喜，正想找個什麼藉口讓小雲帶她去莫高窟，沒想到「得來全不費功夫」。

小雲叫劉四叔給他們準備一輛馬車，劉四叔知道這兩個孩子向來説一不二，所以雖然不放心他們出去，但也只好照辦了。他牽來一匹最好的馬，配上篷車，把韁繩交到小吉手裏，又千叮萬囑，要他們路上注意安全。

小吉神氣地坐在篷車前面，鞭子一揮，那匹馬就邁開四條強壯的腿跑起來了。

小雲拉着小嵐的手，好奇地説：「要不是爹爹説起那月亮墜子的故事，我還真不相信你是未來世界的人呢！」

「小嵐姐姐，那你會不會兩天後就回未來世界，我很捨不得你呢！」小吉問道。

小嵐笑着說：「我也捨不得你們呀！都很想多呆些日子。可惜十星連珠一千年才一次，如果兩天後不回去，就要等一千年後，變成千年老妖才能回去了。」

「唉，那我們豈不是很快就要永別了！」小雲很不開心。

小嵐安慰她說：「不會呢！以後我找回了時空器，就回來看你們。」

小吉好奇地問：「時空器是什麼？」

「是一種……」小嵐停住了，怎樣跟一千年以前的人介紹時空器呢？想了想，說，「時空器是一種神奇的東西，有了它，就可以在不同的年代不同的世界裏穿梭。」

「啊，好玩！」小吉興奮地說，「小嵐姐姐，那一言為定，你以後一定要帶着時空器來找我呀！我要跟你去到未來，看看你那個世界是怎樣的，看看我長大之後是什麼樣子的！」

小吉越來越興奮，他又問小嵐：「小嵐姐姐，在未來世界，出門是乘坐什麼的，還是坐馬車嗎？」

小嵐搖搖頭說：「不，我們那時候，早不坐馬車

了。我們有時候會坐四個輪子的汽車，有時為了抄近路會坐輪船渡海，有時為了更節省時間，就坐會上天的飛機⋯⋯」

小嵐滔滔不絕地說開了，她的話令小雲和小吉聽得目定口呆。當然啦，那是一千年後的事情啊，對於他們來說，真是太不可思議了！

藍天白雲，天空顯得特別廣闊、高遠，放眼一望無際的大漠，令人心曠神怡。小嵐一時興起，不禁敞開嗓子唱起歌來：「藍藍的天上白雲飄，白雲下面馬兒跑，揮動鞭兒響四方，百鳥齊飛翔⋯⋯」

「小嵐，這歌真好聽！你教我唱好嗎？」小雲央求着。

小吉說：「我也要學！」

小嵐說：「好啊！」

於是，小嵐一句一句地教着小雲和小吉學唱歌。小雲學了幾次就會了，小吉卻唱了上句就忘下句。小嵐從口袋裏拿出一枝錄音筆，把歌兒唱了一遍，然後交給小吉：「你拿着，自己學去！」

「什麼東西？」小吉拿過筆，端詳着。

小嵐說：「那是錄音筆，可以錄下需要保留的聲音，然後再放出來。我剛才唱歌時，已經把歌錄下了，

你可以按一下放音那個按鈕，就可以聽到我的歌聲了。」

「啊，好神奇呢，給我給我！」小雲聽到也來了興致，忙去搶小吉手裏的筆。

「不不不，我先玩！」小吉躲閃着，找到筆上的放音按鈕，使勁一按。

錄音筆馬上播出了小嵐唱歌的聲音。

小雲和小吉先是嚇了一大跳，接着又顯得興奮莫名，互相搶奪着錄音筆，他們都好想弄清楚，小嵐的聲音怎麼可以裝在那枝沒有毛的「筆」裏面。

兩姐弟很快從小嵐那裏學會了使用錄音筆，兩姐弟捧着這新鮮玩意兒，玩得開心極了。

小嵐又把錄音裏原先錄了的東西放給他們聽，小雲和小吉樂得哈哈大笑。後來，小嵐放了一段戰爭場面的音效給他們聽，那是早前她和曉晴曉星去片場看拍電影時，貪玩錄下的一段打仗場面，這回呀，裏面千軍萬馬衝啊殺啊的聲音，可把小雲小吉嚇壞了。

就這樣一路走一路玩，不知不覺莫高窟到了。

第 8 章　宋代的萬卡哥哥

穿過了那道有點像城門樓的山門，三個人走進了莫高窟的範圍。

一千年前的莫高窟，是那樣的完美無瑕，那樣的美麗莊嚴，真令小嵐陶醉了。她很想大喊一聲：「莫高窟，我來了！」

小雲顯得容光煥發的樣子，像是心情大好。

「小嵐，你先在這裏等一會兒，我忘了帶蠟燭，我去千佛寺問僧人要幾枝。」

「姐姐，我跟你一塊兒去吧，我順便帶馬兒去寺裏喝點水。」小吉拉着馬，和小雲一塊走了。

小嵐不想呆等，便順路走進了一個洞窟。

洞裏光線很暗，但仍可隱約見到牆上許多壁畫。

走了十來米，發現前面有光，小嵐加快了腳步。

她突然停住了，心裏湧起一種奇特的感覺。眼前的情景似曾相識──

洞的四壁及頂部，畫滿了神態各異、各具美態的飛天，有一個瘦長的身影，正站在洞壁前，洋洋灑灑地在壁上畫着一幅飛天，那飛天仙女手抱琵琶，腳踏彩雲，

徐徐降落……

　　數天前，她就是在這個洞窟，跟王銘心一起欣賞那美麗的飛天，感受古人精湛的藝術造詣……

　　真是做夢都不會想到，自己會親眼看到一千多年前畫這些飛天的人！

　　小嵐正在愣愣地看着那畫畫的人，那人好像感覺到了什麼，突然轉過身來。

　　明亮的燭光中，小嵐清楚地看見那張臉。怎麼會是他！小嵐驚駭得差點叫起來。

　　那人竟是烏沙努爾的年輕國王萬卡！

　　怎麼會？不可能！

　　廿一世紀的萬卡怎麼會身在宋代，還身穿古裝。難道他也穿越時空，來到古代？

　　小嵐的眼睛看得發直。

　　不對，不對，那人的眼神不對！萬卡看小嵐時，眼神總是柔情似水，那濃濃愛意簡直可以將小嵐融化掉。而面前這人，眼裏卻滿是疑問。

　　難道見到了一個跟萬卡長得一模一樣的人？就跟小雲和小吉像曉晴曉星一樣？

　　這宋代之行，真是奇事百出。

　　那少年文質彬彬地朝小嵐點了點頭：「小姐，你是

來看畫的嗎？」

完全可以確定他不是萬卡了。

小嵐有點不好意思，畢竟自己是這麼不禮貌地盯着人家：「是的。莫高窟的洞藏全是極品，今日慕名而來，一睹為快。」

「是呀！自前秦開始，前人就在莫高窟留下了許多藝術珍品，每一幅壁畫，每一座塑像，都有它的藝術價值，都令人難忘……」少年遇見了知音，馬上侃侃而談。

小嵐對少年很有好感，也許是因為他酷肖萬卡，也許是由於他對莫高窟藝術的熱愛，她笑着說：「你能帶我參觀一下嗎？」

「不勝榮幸！」少年笑道。他又問，「不知小姐芳名？」

小嵐說：「我叫小嵐。你呢？」

少年說：「在下李翰。」

小嵐好奇地問：「你是個畫師嗎？」

李翰答道：「算不上。我只是熱愛敦煌藝術，常來這裏觀摩學習，有空畫上幾筆而已。」

小嵐環視滿目的飛天，讚歎道：「公子妙筆丹青，令人賞心悅目，你的技藝，勝過許多畫師呢！」

65

守護寶藏的公主

「謝謝！」李翰十分謙虛，他説，「我帶你去看看別的畫作，那才是真正的高手呢！」

他微微欠身：「小姐請！」

李翰帶着小嵐一個洞一個洞地參觀着，回到一千年前參觀壁畫，觀感大為不同。畫面完美、色彩亮麗，真令人賞心悦目。

「小嵐小姐，你看看這幅《都督夫人太原王氏禮佛圖》，線條飄逸、人物造形生動，色彩和諧，畫得多好！」

小嵐細細欣賞着，想起不久前看到的那幅模糊不清、顏色幾乎完全脱落的《都督夫人太原王氏禮佛圖》，大為感歎：「唉，可惜，真是太可惜了！」

李翰聽了莫名其妙，忙問：「可惜什麼？」

小嵐這才發覺説漏了嘴，忙掩飾説：「哦，我是説，可惜隨着歲月流逝，這些畫終有一天會完全消失。」

「小嵐小姐，我還是第一次聽到有人提出壁畫的保存問題呢！你太有遠見了。」李翰十分驚訝地看着小嵐，又興致勃勃地説，「這世上會欣賞敦煌壁畫的人不少，但他們從來沒想過如何去保護這些珍品，讓千秋萬代都能欣賞到這些美麗的藝術品。」

小嵐一聽很興奮，她想，要是有了像李翰這樣的有識之士，從宋代開始就懂得保護敦煌藝術，那一千年後，敦煌的情況一定大不相同！想到這，她高興地對李翰說：「保護好這些壁畫，給後人留下珍貴文化遺產，這事情的確很重要，很開心能遇到你這樣的知音人！」

　　李翰也很激動，他一雙明亮的眼睛看着小嵐，心想：有的人相處了多年，仍然覺得很陌生，但眼前這女孩，怎麼相處了一會兒，就覺得好像認識了一輩子！那麼的親切，那麼的心靈相近。

　　他興奮地說：「保護敦煌藝術的事，我早就想做了，就讓我們一同來做好這件事吧！」

　　「好，一言為定！」小嵐向李翰伸出手，兩人的手緊緊握在一起。

　　「噢！」小嵐突然想起了什麼，她從口袋裏掏出一個小瓶子，遞到李翰手裏，「這瓶子裏裝的，是一種叫『美是永恆』的粉末，你作畫時，把它放進顏料，畫的畫就可以千秋萬代永不變色。」

　　「太好了，謝謝，謝謝！」李翰又驚又喜，連聲道謝。

　　小嵐說：「可惜只有一小瓶，只夠你畫一幅畫。」

　　李翰把小瓶子珍愛地捧在手心，說：「我會把它用

守護寶藏的公主

來畫一幅最重要的畫。」

這時候，傳來一陣呼叫聲──

「小嵐！」

「小嵐姐姐！」

是小雲和小吉的聲音！小嵐趕緊應了一聲：「哎，我在這裏！」

燭光一閃，走來了手持蠟燭的小雲和小吉。一見小嵐，小雲就大聲埋怨起來：「哎呀，你怎麼一個人跑這裏來了，害得我們到處找！」

小嵐笑道：「對不起對不起！」

小雲還想說什麼，卻一眼見到了李翰，臉上立時變得柔情似水，說話聲音也變溫和了：「李翰大哥，原來你在這裏。我剛才還去寺院找你呢！」

小嵐一聽心裏發笑，說什麼忘了帶蠟燭，原來是醉翁之意不在酒！

小雲突然想起什麼，問道：「你們⋯⋯李翰大哥，你跟小嵐⋯⋯」

李翰笑着說：「我們剛剛認識。我帶她來看壁畫呢！沒想到你們也認識。」

小吉趕緊說：「我們跟小嵐姐姐是好朋友！」

小雲在小嵐耳邊蚊子般小聲說：「怎麼樣，他俊

吧？」

　　小嵐點了點頭。又小聲問：「你喜歡他？」

　　「嗯。」小雲臉上飛出兩片紅霞。

　　小嵐朝她眨眨眼睛：「加油！」

　　李翰傻傻地看着兩個女孩咬耳朵，不知道她們在嘀咕些什麼。一會兒，他好像想起了什麼，「哎」了一聲：「差點忘了時辰，我得去寺院幫忙了。」

　　「剛見面又要走啊！」小雲很是不捨，嘟着嘴表示不滿，「最近你和寺院的師傅怎麼啦？一天到晚忙個不停。説是要維修寺廟，不但不讓人進廟，連寺廟旁邊的好多洞窟都不許進了。剛才我們去要蠟燭，都只是讓我們在寺院門口等着。但是，人家裝修，你去幹什麼呢？你又不會抹牆鋪瓦！」

　　李翰解釋説：「寺院因為有些地方年久失修，所以得維修。我不會蓋瓦抹牆，但會畫畫呀！我負責給重新抹過的牆壁畫畫呢！」

　　李翰轉過身，對小嵐抱歉地説：「小嵐小姐，我今天實在是有事，恕我不能奉陪了。你們明天還在嗎？」

　　小嵐還沒答話，小雲就搶着説：「在，在！我們今晚不走了，就在這裏住！明天我們會再見面的。」

　　李翰一聽很高興：「那我們明天見！」説完就匆匆

守護寶藏的公主

走了。

小嵐當然很高興留下,她要利用這兩天時間做一些事。寺院維修,還封了很多洞窟,這事十分可疑,按時間推算,這段時間應該是僧侶們為了保護經書,暗中挖掘藏經洞的日子。所以,她要想辦法探聽到藏經地點,特別是第二藏經洞的下落。

她對小雲說:「你們不回去,不怕劉四叔擔心嗎?」

小雲說:「不要緊,我們常常來莫高窟玩,有時一住就是很多天,爹爹也從不反對。」

明天晚上就是十星連珠的時間了。小嵐決定,今天晚上就去夜探千佛寺,找機會查出藏經洞的位置。

吃完飯後,三個人在寺院的一個客舍內休息。那客舍設在山門的外面,是讓那些遠道而來千佛寺燒香拜神的信眾臨時住的。因為近來千佛寺「維修」,不許入內,所以也沒有信眾入住,挺大的一幢房子,十幾個房間,就只住着小嵐他們三個人。

小嵐打了個呵欠:「好睏啊,我們睡吧!」

小吉死纏不放:「小嵐姐姐,別那麼早睡好不好,求你啦!你明天就要回到未來了,就多陪我們一會兒吧!」

小雲也附和說：「是呀是呀！你就給我們講一些未來的新奇事兒。」

　　小雲和小吉就像兩塊狗皮膏藥般，一刻不離地貼着她，盡問些古古怪怪的問題。比如一千年後的人吃什麼穿什麼玩什麼，那時候的貓和小狗會不會說話？那時候的樹會不會長出猴子……

　　小嵐跟他們胡扯了一會兒，看看已是夜深人靜，心想不能再被這兩個好奇的傢伙纏住了，便決定用催眠術讓他們入睡。她取下項上鍊子，笑着說：「想不想玩一個一千年後的遊戲？」

　　「想啊！」小雲和小吉異口同聲地喊起來。

　　小嵐說：「這遊戲只能一個人一個人地玩。誰先來？」

　　「我來我來！」小雲和小吉爭着，結果最後聲音大的那位，即小雲爭贏了。

　　小吉扁着嘴，一副不服氣的樣子。小嵐安慰他說：「別不開心，很快輪到你。」

　　小嵐對小雲說：「你看着我的項鍊墜子，別眨眼，等會就會出現奇跡。」

　　小雲太期待看見奇跡了，她按小嵐吩咐，目不轉眼地盯着那個藍月亮墜子。小吉也迫不及待地湊過來，不

守護寶藏的公主

眨眼地瞅着那一晃一晃的墜子。

　　一下，兩下，三下⋯⋯

　　結果令小嵐很滿意──墜子晃了三十下之後目的就達到了，而且還買一送一，那兩姐弟一齊進入了甜甜的夢鄉。

第 9 章　黑夜女俠夜探千佛寺

黑夜女俠開始行動了！

小嵐脫下了雖然漂亮但實在礙手礙腳的古代衣裳，換回了自己那身利索的Ｔ恤牛仔褲。這是她奮不顧身從小雲手中搶回來的，那小妞對這千年後的「潮裝」，眼饞得簡直想一口吞進肚子裏。

小嵐悄悄出了門，徑往千佛寺而去。月黑風高，正是查探秘密的好時光。小嵐暗忖：先探千佛寺，再探被封鎖的洞窟，但要爭取時間，一定要在小雲和小吉醒來之前返回客舍，免得這兩傢伙又查根問底的。

一眼看見了千佛寺，它在黑夜裏勾出一個古樸優美的剪影。小嵐暗喜，加快了腳步。

前面就是山門，山門裏面就是千佛寺、莫高窟。那山門的樣子有點像古城牆，兩層高，小嵐想，以後有機會登上山門上層看看，極目茫茫大漠，一定很心曠神怡。

突然，黑暗中走出兩個黑影，把小嵐嚇了一大跳。一看，原來是一胖一瘦的兩個僧人，手拿棍棒守在山門外。

「施主,這裏禁止通行。請留步!」瘦僧人彬彬有禮地朝小嵐躬身行了個禮。

小嵐抗議説:「我們白天來過,都可以進去呢!怎麼現在又不讓進了?」

胖僧人説:「這是住持大師剛下的命令,除了本寺僧人,其他人不得踏入山門。」

小嵐無奈,只好懇求説:「千佛寺和莫高窟名揚天下,能否通融一下,讓我進千佛寺燒柱香,拜拜佛,再欣賞一下壁畫。免得這次遠道而來,身入寶山,卻空手而歸。」

瘦僧人又再禮數周到地行了個禮:「住持大師之命,小僧不可違抗。望小施主見諒!」

小嵐也不想難為了僧人,只好怏怏地説了聲:「打擾了。」小嵐正想轉身離開,忽然見到山門裏走出一個人,借着月色依稀可認出,正是李翰!

小嵐像見到救星,喊道:「李大哥!」

李翰愣了愣,快步走來,他首先發現了小嵐古怪的衣着打扮,眼裏滿是驚訝,但他沒説什麼,只是問:「小嵐,半夜三更的,你出來幹什麼?」

小嵐道:「我只是想來參觀寺廟,還想參觀一下附近這幾個洞窟。李大哥,你能帶我去看看嗎?」

　　李翰一臉的歉意，他對小嵐說：「很抱歉，就是我答應帶你去，這兩位師傅也不會應允的。」

　　小嵐生氣了，使起小性子來，一頓腳，轉身就走。

　　「小嵐，別生氣！」李翰跟了上來。

　　小嵐不理他，一路走着，李翰緊走幾步，一把拉住小嵐的手：「別生我的氣，好嗎？」

　　李翰英俊的臉上，一副又無奈又惶惑的模樣。這讓小嵐想起了萬卡——每當小嵐撒小脾氣令人難以招架時，萬卡臉上就是這副神情。

　　小嵐心軟了，她嘴角一翹，轉怒為笑：「好吧！饒了你。」

　　李翰見小嵐不再生氣，馬上喜上眉梢，他建議說：「我們找個地方坐坐，好不好？」

　　小嵐正想從李翰那裏打聽藏經洞秘密，便說：「樂意奉陪！」

　　兩個人找了一塊乾淨的大石頭，坐了下來。

　　萬籟俱寂，月亮從雲層裏鑽出來了，將皎潔的清輝灑在一望無際的沙漠上，給人一種神秘、深遠的感覺。

　　好美的一幅月照大漠圖！

　　小嵐簡直看呆了。

　　李翰悄悄地瞅了她好幾回，她都渾然不覺，當然她

守護寶藏的公主

更不會發現，李翰那雙看她的眼睛，閃爍着的異樣的光采。這儒雅的少年人哪，已經不自覺地愛上眼前的女孩子了。

小嵐把目光從大漠收回來，她故意對李翰說：「我總感到，你和這寺廟的僧人，好像有什麼不可告人的秘密。」

李翰臉上泛紅，神色尷尬，顯然這是一個不習慣說謊的人。他囁囁嚅嚅地說：「小嵐，你一定生我氣了。」

小嵐說：「說實話，真有一點呢！既然我們是朋友，既然我們都願意以保護敦煌藝術為己任，有什麼不可以坦誠相見？」

「我不想瞞你的。」李翰不安地說，「只是答應了住持大師要保守秘密。為人處世，一諾千金，大丈夫不可食言。」

小嵐見他不肯說，只好單刀直入，「引誘」他說出真相了。

「你以為我不知道嗎？千佛寺的僧人在挖洞收藏經書。」

李翰一聽驚得瞠目結舌：「你、你怎麼知道的？！」

　　小嵐得意地說：「我會分析呀！你想想，戰爭一觸即發，到時勢必玉石俱焚。珍貴的物品要運到別處，路上也不安全。所以，最好的方法，就是在原地挖洞收藏⋯⋯」

　　「天哪，小嵐你真是聰明透頂，竟讓你一語道破！」李翰驚駭地望着小嵐，「事情的確是這樣！西夏王近來頻頻調動兵馬，恐怕戰爭不日會發生。一旦敦煌城破，皇上所賜金字大藏經，還有許多寶貴佛門典籍及書畫，一定保不住。所以，住持大師決定在莫高窟中挖掘藏經洞，把這些寶貴物品收藏，等將來戰事平息，再取出來。對外稱維修封鎖大多數洞窟，是為了掩人耳目，其實，僧侶們在裏面日夜趕工挖洞，一定要在戰爭爆發之前把經書藏好。」

　　小嵐說：「我想，一定不只挖一個洞！」

　　她是要證實一下，有第二藏經洞的存在。

　　李翰一聽，嚇得差點從石頭上摔下來：「你、你連這個也想到了！」

　　「把東西分開藏，可以保險些。」小嵐很滿意李翰的反應，她說，「那你現在可以帶我去藏經洞看看了吧，反正我都知道了。我們可以悄悄進去，不讓住持大師知道。」

李翰猶豫着，小嵐心裏很得意，心想，這「攻心計」看來生效了，這回呀，李翰肯定會把秘密全告訴她了。

　　不過她猜錯了，李翰是一個重承諾的君子，即使是面對心儀的女孩，也不會把不該講的説出來。

　　他很抱歉地説：「實在對不起，我真的不能帶你去。」

　　「哎呀！你真是死心眼。」小嵐氣得直跺腳。

　　這時候，有個僧人跑來，對李翰説：「李世子，住持大師請你馬上回寺院，他説有很重要的事情要跟你商量。」

　　「世子？」小嵐有點驚訝，「你是……」

　　當時人們習慣稱王爺的兒子為世子。

　　李翰説：「我是西夏王李元昊最小的兒子。」

　　小嵐眼睛睜得大大的：「李元昊，不就是準備攻打敦煌、令百姓惶恐終日的李元昊嗎！」

　　「正是。」李翰臉上黯然，「我從來反對戰爭，奈何父親卻以打仗奪取城池為樂事。這次他有心攻打敦煌，我多次勸阻無效，所以盡量去做一些事，希望能把戰爭帶來的禍害減到最低。這樣，自己良心上會好過些，也可以幫助父親減輕罪孽。」

　　「原來是這樣！」小嵐欽佩地看着李翰，像要重新認識他。

　　李翰説：「我得進去了。住持大師急着找我，一定是有大事發生。再見！」

　　李翰轉身跟僧人走了。

　　小嵐聽到僧人一邊走一邊對李翰説：「剛接到消息，李元昊大軍已經殺到敦煌城外，準備攻城⋯⋯」

　　小嵐心內擔憂，如果敦煌城破，那莫高窟就危險了。

第 10 章　三個臭皮匠

　　看着李翰的背影遠去，小嵐無奈地歎了口氣。正準備回客舍，誰知一轉身，就見到了小雲和小吉。那兩人正把眼睛睜得大大的，盯着她看。

　　小吉不滿地說：「小嵐姐姐，你故意讓我們入睡，自己一個人跑出來找李翰大哥玩，你真不夠朋友！」

　　小雲看着李翰的背影，聲音有點變調：「小嵐，你是跟李翰大哥約會嗎？」

　　小嵐一聽，糟糕，有人吃醋了。

　　她趕緊說：「不是不是，我只是跟李翰大哥談些事情罷了。」

　　小雲嘟着嘴，繼續不依不饒的：「談事情為什麼不叫我們一塊來。嗚嗚，我還把你當好朋友呢！」

　　小雲竟掉起眼淚來。

　　「好啦好啦，怕了你們了！」小嵐無可奈何，只好說出原由，「我跟李大哥沒別的，找他只是想打聽封鎖莫高窟的原由。」

　　「哦！」小雲和小吉同時叫了一聲，小雲問，「不是因為維修嗎？」

「不是！是因為……」小嵐又住了嘴，說，「事關重大，你們一定不可以洩漏出去，你們爹爹也不能講。」

「行行行！我們拉鈎好了，我們一定不會講！」小吉說。

三個孩子伸出小手指，鈎在一起，然後一齊說道：「拉鈎上吊，一百年，不許變！」

小嵐說：「其實，自從我知道自己到了宋代之後，就希望經過努力，去彌補有關莫高窟的一件憾事，也是我們中華民族的一件憾事。」

小吉瞪大眼睛：「憾事？什麼憾事？」

「據有關記載，李元昊攻打莫高窟前，千佛寺的僧人們為了保護皇帝御賜金字大藏經，還有其他珍貴書畫，所以秘密在莫高窟挖了兩個洞，把這些珍貴書籍藏了起來。」

小吉插嘴說：「哦，我知道了，你懷疑千佛寺的僧人封鎖莫高窟，其實是掩人耳目，是方便他們秘密地挖洞。」

小嵐點點頭：「正是，小吉真聰明！為了證實這件事，我剛才問了李大哥，旁敲側擊地從他那裏得到了證實。這些天，寺裏的僧人們的確在日以繼夜挖洞，準備

在戰爭來臨之前把珍貴的東西都藏進去。」

　　小雲說：「這是件好事啊！等將來戰爭結束，就可以把這些寶貝挖出來了。剛才小嵐說是憾事，又是什麼意思？」

　　「是的，僧人們的確是做了一件大好事，保護了許多珍貴經卷和書畫。後來李元昊大軍佔領莫高窟，挖地三尺，但怎麼也找不到藏經洞的蹤影。」小嵐解釋說，「憾事發生在後來。這些珍藏後來的命運很坎坷。因為之後戰爭連年，知道藏經洞這件事的僧人們都遠走他鄉避難，再也沒有回來。兩個藏經洞漸漸被人遺忘了。直到一九零零年清代時，有個姓王的道士在洞裏清理流沙，無意中發現了第一藏經洞。但可惜，裏面琳琅滿目的珍貴的經書，卻被王道士賣給了外國人，結果，許多極有研究價值的東西都流失海外，現在留在中國的只有三分之一。我們的學者要研究這些書畫，都只能向外國博物館買微縮膠卷，不可以看到實物。」

　　小吉一聽跳起幾丈高：「太可惡了！太不公平了！」

　　小雲也忿忿地說：「我看都是那個王道士不好，自己國家的寶貝，怎麼可以賣給外國人！」

　　小嵐說：「還有一件憾事，就是用來收藏金字大藏

經的第二藏經洞一直沒有找到。這批珍貴的經書不知什麼時候才能得見天日，這令敦煌學者們深感遺憾。」

小吉眼睛骨碌碌地轉着，他突然大喊一聲：「有辦法！」

小雲被他嚇了一跳，埋怨說：「你有什麼好主意？別添亂了。」

小嵐倒很感興趣：「你說來聽聽。」

小吉說：「我們可以請僧人把第一個洞藏得更嚴，讓王道士找不到，那你回去就可以把經書原封不動地挖出來。另外，我們說服李翰大哥告訴我們第二藏經洞的位置……」

小雲打斷他的話：「嘿，還以為有什麼好主意呢！現在問題是，寺裏的僧人不許我們走近半步，李翰大哥也因為要信守承諾，不肯說出秘密。」

小嵐說：「如果沒其他辦法，就只好向李大哥說出我是未來世界的人。希望他相信我的話吧。」

小吉說：「沒問題，還有我和姐姐呢！我們三個人一起去說服他。」

小嵐說：「也好。只有明天一天時間了，明天晚上我就要回到未來，如果李大哥還是不肯說，那第二藏經洞就成為永遠的秘密了。」

小吉突然大喊一聲：「有辦法！」

小雲又被他嚇了一跳，氣得她直朝小吉瞪眼睛。

小嵐鼓勵地望着小吉。

小吉興奮地説：「你走了，還有我和姐姐呀！萬一明天還打聽不到藏經洞的秘密，我和姐姐就繼續努力，我們會死纏爛打，一直纏到李翰大哥説出秘密為止。然後，我就寫一封信告訴你。」

小雲沒好氣地説：「癡人説夢話！那時小嵐已經身在一千年之後了，那信怎麼寄！」

但小嵐卻點頭説：「小吉真聰明啊！我明白他的意思了，到時，你就把信放進一個容器內，埋在地下，那我回到一千年之後，去那個地方挖掘，找到容器，那樣就可以收到信了！」

小吉高興地拍起手來：「對對對，小嵐姐姐也很聰明啊！」

小雲嘟着嘴説：「哼，你們都聰明，只有我最蠢。」

小嵐笑着摟住小雲的肩膀説：「別小氣啦！其實你也很聰明呢！你之前讓我頂了朋友的名字，我才可以堂而皇之地在你家出現，才令我知道了穿越時空的原因。要不是有幸遇到你，我還真不知道怎樣才能回到未來

守護寶藏的公主

呢！」

　　小雲這才撲嗤一聲笑了。

　　小嵐説：「我們『三個臭皮匠，勝過諸葛亮』。我們一齊想辦法，保護藏經洞。」

　　「小嵐姐姐，你為什麼説自己是臭皮匠呀？多難聽。我才不想做臭皮匠。」小吉嘟着嘴，有點不滿。想想又問，「你説勝過諸葛亮，那諸葛亮又是誰呀？他很聰明的嗎？」

　　小嵐説：「諸葛亮是明代作家羅貫中寫的《三國演義》中的人物，非常聰明呢！」

　　「那就是説，我們比諸葛亮還要聰明。這還差不多！」小吉有點沾沾自喜。

　　小嵐看看天邊已微露晨曦，就拉着小雲和小吉，回客舍去了，得抓緊時間休息一會。

第 11 章　請在一千年後收信

小嵐和小雲是被一陣「砰砰嘭嘭」的聲音吵醒的。

「是誰呀？嘭嘭嘭，吵死了！」小嵐揉着眼睛，爬起牀。

小雲說：「我看八成是小吉那小子！」

兩個女孩走到門口，打開門。果然不出小雲所料——小吉拿着一把鐵鍬，正起勁地在客舍前面的地上挖着洞。

「小吉，一大早在這裏搞什麼？」

「還一大早呢！都要吃午飯了。」

小嵐和小雲抬頭一看，小吉說得沒錯，太陽已經高掛在頭頂，已是正午時分了。

小嵐說：「你挖什麼？」

小吉笑嘻嘻地說：「我在挖以後藏信的洞呢！讓小嵐姐姐知道位置，她回到一千年後，就容易找到了。」

「聰明！」小嵐朝小吉伸出大拇指。

小吉聽了很得意，挖得更起勁了，連小嵐說要幫他挖一會兒，他都不讓。洞很快挖好了，小吉又在背着的大布袋裏找呀找呀，找到一個扁扁圓圓的陶瓷盒子。他

打開盒子，把放在裏面的幾顆糖果倒進嘴裏，然後小心地把小盒子放到洞洞裏：「小嵐姐姐，你認着這個盒子，我以後會把信放進去的。」

小雲有點吃驚地説：「這是爹爹很喜歡的漢代瓷器呀，你什麼時候拿來裝糖果了？！」

小吉説：「爹爹書房裏好東西多着呢，拿走一件，小意思！」

小吉説着，又把挖出來的土填回洞裏，把盒子埋住了。

「大功告成！」小吉拍拍手上的泥土，「肚子好餓啊，我們先吃點東西，然後去找李翰哥哥，請他講出藏經洞的秘密。」

三人吃了些帶來的乾糧，然後往寺廟去了。

山門前，仍有一胖一瘦兩個僧人把守着，看來要硬闖是不可能了。

小嵐走上前，向僧人説：「兩位師傅好，我是小嵐。我們想找李翰大哥，麻煩師傅通傳一下。」

那兩個僧人互相看了看，胖僧人微笑着回答説：「李世子很忙，恐怕不能出來見你們。」

小雲裝出一副可憐巴巴的模樣，邊用手背擦眼睛邊説：「求求你們，幫忙通傳一下，我們有很要緊很要緊

的事，要跟李翰哥哥説呢！」

小吉也眨巴着眼睛，扁着嘴，裝出要哭的樣子：「師傅叔叔，謝謝啦！請幫忙去找找李翰哥哥好不好！」

那兩個僧人到底是佛門中人，素以慈悲為懷，那禁得他們的可憐攻勢，瘦僧人首先投降：「好啦好啦，你們別哭，別哭，我這就去通傳。但他能不能出來，你們就別抱太大希望，我不想看你們哭鼻子。」

「好啊！謝謝師傅！」小嵐説。

「師傅真是天底下最好最好的好人！」小雲説。

「師傅真是救苦救難大慈大悲苦海無邊回頭是岸放下屠刀立地成佛……」説這話的是小吉，他連胡編亂造信口開河都竟然和曉星一樣！

千穿百穿，馬屁不穿，把個瘦僧人哄得眉開眼笑，樂呵呵地往寺院去了。

三個人焦急地等了好一會，瘦僧人出來了。看見只有他一個人，大家就知道沒希望了。李翰沒有出來見他們。

瘦僧人説：「李世子説很抱歉，他有很重要的事情要做，不能出來跟你們見面。」

「什麼？」小吉急了，「連出來見見都不行嗎？」

瘦僧人說：「李世子說請你們原諒，如果有緣仍能見面，他再向你們當面道歉。」

小吉想闖進去：「李翰大哥不能出來，我們進去好了。我們進去看他！」

胖、瘦僧人一齊攔住，胖僧人說：「那就更不可能了，大師頒下禁制令，不許任何寺外人進去，請幾位小施主原諒。」

瘦僧人接着說：「三位請回吧！李世子吩咐，請你們馬上離開這裏，找個安全地方躲避。他還讓我看着你們離開。」

小嵐三人猶豫着，都不想離開。

瘦僧人急了，說：「你們不走，李世子會責怪我辦事不力，求求你們，快走吧！」

小嵐不想令他為難，只好拉着小雲和小吉，說：「我們走吧！」

走了一段路，小嵐回頭見到那兩個僧人沒再留意他們，便拉拉小雲和小吉，三個人急忙閃在一塊大石後面。

小嵐說：「我們先躲在這裏，一來可以等李大哥出來，二來看看有沒有機會溜進去。」

大石中間裂開了一條縫，正好用作觀察情況。三個

人坐在大石後面，那兩個僧人看不見他們，而他們卻可以清清楚楚地看見山門那邊的情況，還聽到他們在大聲說話。

小雲拉着小嵐的手說：「小嵐，你今晚一定要走嗎？好捨不得你啊！」

小吉也說：「是呀小嵐姐姐，我們只認識了兩天，但總覺得像做了十幾年朋友一樣，要是你能多留些日子就好了。」

小嵐說：「我也捨不得你們，但是，我今晚不回去，就再也回不去了。我有很多親人朋友在一千年後，都望眼欲穿等我回去。還有，要是能順利打探到了藏經洞的秘密，我還要回去讓埋藏多年的第二藏經洞重見天日……」

「唉……」小雲無奈地歎了口氣，「我們也不可以自私地留你在這裏，希望你今晚能順利地回到未來，跟親人團聚。」

小雲又指着不遠處一座小山，說：「小嵐，我替你想好了，今晚十星連珠時，你就跑到那座小鍾山上。爹爹不是說，要想穿越時空回到未來，要站在地勢高的地方，盡量吸收星月精華嗎？小鍾山是這裏最高的地方了。」

「小鍾山？那不是雙子山嗎？」小嵐看看小雲所指，那分明是雙子山啊！她就是在雙子山上觀星，給帶到這裏的。

小雲說：「什麼雙子山？那座山是叫小鍾山呀！」

小嵐突然想起什麼，便問道：「那山上有兩座墓，裏面葬的人是為保護敦煌而去世的，你們知道他們的事嗎？」

小雲和小吉互相看看，然後一齊搖搖頭：「小鍾山上除了幾塊大石頭，光禿禿的什麼都沒有。哪有什麼墳墓？」

小嵐沒再說麼，心想，那兩座墓一定是宋代之後才有的。因為有兩座年輕人的墓，所以山名都改了叫雙子山。對，一定是這樣！

三個人繼續觀察。山門那邊一直都沒有動靜，兩個僧人仍直挺挺地站在那裏一步也不離開，也沒看到李翰從石階上走下來。

一直過了幾個時辰，眼看時間已近黃昏，大家都很着急。

突然，眼尖的小吉看見了什麼，他壓低聲音說：「你們看，有人下來了。」

果然見到有個機靈的小僧人，手執一根棍棒，從石

階上匆匆跑下來，喊着：「兩位師兄！」

胖僧人見了，忙問：「你們那邊的工作幹完了嗎？」

小僧人道：「完了！東西都藏好了，住持大師正在讓大家收拾東西撤退。」

瘦僧人説：「那我們兩個什麼時候撤離？」

「剛接到消息，敦煌城軍民還在拚死抵抗，相信定難軍一時還攻不進來。」小僧人説，「李世子還在畫畫，大約要兩三個時辰才能完成。住持大師讓我來告訴你們，還要繼續堅守崗位，李世子畫好畫後，會來找你們，你們保護世子一起離開。」

「好！你請住持大師放心，我們倆一定會保護好世子。」兩名僧人異口同聲地説。

小雲聽到這裏，擔心地説：「寺院裏的僧人準備撤退了。李翰大哥怎麼還不走呢！」

小吉説：「好奇怪，都什麼時候了，李翰哥哥還顧着畫什麼畫呢？」

小嵐眼珠骨碌碌的轉了幾轉，定難軍都要打來了，這麼危急的時候，李翰大哥還要畫畫，這畫一定很重要！

「噢，我知道了！」小嵐喊起來，「我知道李大哥留下來幹什麼了！」

小雲着急地問：「快説，他在幹什麼？」

小嵐説：「他一定是在剛封好的藏經洞口上畫畫，好把藏經洞掩藏起來。」

小雲恍然大悟：「對，一定是這樣！李大哥好了不起啊！」

小吉説：「希望他來得及在定難軍打來之前畫好吧！要不，讓軍隊找到了藏經洞，那就前功盡棄了。」

小嵐説：「要是定難軍打到這裏，必要時我們也要參加阻擊敵人，一定要讓李翰大哥有時間把洞口掩藏好！」

「對，我們一起保護李大哥！」小雲小吉點頭説。

三個孩子密切注視山門那邊的情況。約半個時辰後，突然見到天空飛來一隻鴿子，牠拍着翅膀，落到了山門前的地上。兩名守門僧人向鴿子跑去，

小嵐説：「那是信鴿！」

小雲問：「小嵐，什麼是信鴿呀？」

小嵐回答説：「信鴿就是負責送信的鴿子，牠們都是受過專門訓練的。送信人把信寫好放進小竹筒裏，綁在鴿子腿上，鴿子能準確無誤地把信送到目的地。」

小吉驚歎道：「真厲害！我以後也要養信鴿，讓牠專給我送信。」

這時候，小嵐見到瘦僧人彎腰抱起鴿子，從鴿子腿上取出一個小竹筒，又從竹筒裏拿出一個小紙卷。

小吉驚歡道：「小嵐姐姐，你真是料事如神，一切都跟你說的一模一樣呢！」

瘦僧人打開紙條一看，馬上喊道：「糟了！」

胖僧人嚇了一跳：「什麼糟了？快告訴我，我不識字呢！」

瘦僧人說：「敦煌守軍報信，敵人已攻入敦煌城，李元昊帶領的定難軍很快就要打到這裏了！」

胖僧人大驚：「那我們怎麼辦？現在就走嗎？」

瘦僧人說：「我們不能走！李世子還沒畫好畫呢，萬一定難軍打到，我們拼死也要擋住他們，不能讓他們攻入莫高窟！」

胖僧人憂心忡忡地說：「早知道讓大師多留一些人。現在就我們兩個，恐怕難以抵擋敵人。」

突然，聽到有幾把聲音異口同聲地說：「還有我們三個人呢！」

兩名僧人嚇了一大跳，一看，不遠處的大石頭後，站起三個人。

守護寶藏的公主

第 12 章　錄音筆退敵

相信聰明的讀者已經猜到，那三個人正是小嵐、小雲和小吉。

他們從隱藏的大石後面跑了出來，跑到山門前面。

「你們還沒走？」兩個僧人大吃一驚。

瘦僧人說：「定難軍很快打來了，你們立即離開這裏！」

小雲嘟着嘴說：「你們剛才不是說，要是再多一些人幫忙就好了。我們聽了才來幫忙的呀！」

胖僧人說：「哎呀，你們這麼小，能幫什麼忙，等會兒我們還得保護你們呢！」

小吉說：「師傅，別小看我們！我們是少年三劍俠，智勇雙全、力大無窮、無所畏懼、天下無雙……」

瘦僧人可沒功夫去聽那一長串四字詞，他打斷小吉的話：「不行！」

「你們勢單力薄，怎能抵擋定難軍的千軍萬馬。別再囉嗦了。從現在起，由我來當指揮官。」小嵐用不容反對的口氣說，「小雲，小吉，胖師傅，瘦師傅，全部聽令！」

小嵐此時公主風範盡現，那種堅定和威嚴，竟令兩個僧人無法抗拒，只能齊聲道：「是！」

　　小雲和小吉早就惟小嵐馬首是瞻，此時也異口同聲：「是！」

　　小嵐大聲命令：「兩位師傅馬上登上山門樓，嚴密監視敵人情況！」

　　「是！」兩名僧人應聲而去。

　　「小雲小吉，我們一起去布疑陣。」小嵐朝小雲小吉招招手。

　　「布疑陣？咦，好玩！」小吉十分感興趣。

　　小雲也躍躍欲試：「怎麼布法？」

　　「我關上山門，在裏面放錄音。你和小雲到外面聽一下，看效果如何。」

　　「是，指揮官！」小雲小吉急忙跑出山門，停在十幾米遠的地方。

　　小嵐找到在片場錄的打仗場面的音效，揿了播放按鈕，馬上，「衝啊殺啊」的聲音震天動地。

　　小雲和小吉歡天喜地跑回來，向小嵐報告效果良好。小嵐按停了錄音筆，剛想說什麼。卻見到兩名僧人慌慌張張跑下來，邊跑邊嚷：「定難軍來了！定難軍來了！」

小雲和小吉不禁大笑起來。

小吉指着門外，說：「定難軍？連隻蒼蠅都沒有呢！哪兒來的定難軍？」

兩名僧人瞧瞧山門外，真的人影都沒一個，不禁莫名其妙。他們剛才明明聽到了吶喊聲，那聲勢就像千軍萬馬殺到，所以也沒看清楚就慌慌張張跑下來了。他們不明白，吶喊聲是從哪來的，而且為什麼說沒就沒了。

見兩位僧人東張西望，一臉錯愕的樣子，小嵐淘氣地又一按錄音筆，兩個僧人大驚，待發現聲音是從小嵐手中那枝跟毛筆差不多樣子的古怪東西發出時，又大叫起來：「妖怪，妖怪！」

小嵐沒有時間跟僧人解釋錄音筆是什麼回事，便亂編了個名字：「這不是妖怪，這是『鎮妖筆』，專門發出聲音來嚇退敵人的。等會兒李元昊的定難軍打來時，我們只管緊閉山門，在裏面放出這些聲音。定難軍以為山門內有千軍萬馬守着，一定不敢輕舉妄動，這樣我們就可以爭取時間，讓李翰大哥把畫畫好。」

「鎮妖筆？啊，厲害，厲害！」兩僧人盯着錄音筆，又驚又喜。

一切準備停當，五個人都上了山門樓。

這時天色已黑，但幸好月色明亮，星光熠熠，眼睛

還能勉強辨認近處景物。

半個時辰之後，小吉首先嚷起來：「有兵馬來了！」

大家仔細一看，果然見到遠處有火光，又隱約聽到人喊馬嘶的聲音。

聲音越來越近，可以看到，大約百多個手持火把的騎兵，直奔山門而來。

小嵐把錄音筆交給小吉，又吩咐了他幾句，小吉便笑嘻嘻地走下去了，在山門內候着。

這時，小嵐故意裝扮出粗粗的嗓音，喊道：「來者是什麼人？」

隊伍前面一名手持大刀的軍官，耀武揚威地喊道：「裏面的人聽着，我們是西夏王的先頭部隊，來接管莫高窟和千佛寺。你們馬上打開山門，迎接定難軍，我們保你們平安無事。」

小嵐道：「這裏是佛門清靜地，不可以讓你們軍隊踐踏。你們快走吧，否則後果自負。」

軍官大怒，說：「你們竟敢違抗西夏王的旨意，看我馬上踏平此地。」

「哈哈，好大的口氣，你們小貓三兩隻，就想闖進來，你聽聽我們守軍的氣勢吧！」小嵐大聲喊道，「勇

士們，拿出你們的威風來！」

樓下山門內的小吉，一聽到小嵐的暗號，馬上按動錄音按鈕，播放錄音。霎時間，喊殺聲驚天動地，在山門內響起。接着又是一陣馬嘶人喊，似千軍萬馬藏於寺內。

那軍官本來趾高氣揚的，正策馬衝向山門，一聽到這聲音，馬上驚慌地勒住馬往回逃，那些緊隨他身後的士兵也嚇得轉身就跑。一時間，場面十分混亂。

等那隊人馬退出百米之外，小嵐又大喊一聲：「勇士們，肅靜！」

小吉一按錄音筆的停止按鈕，山門內霎時鴉雀無聲。

定難軍官兵個個呆若木雞，他們一定以為山門內藏着一支既龐大又紀律嚴明的軍隊。定難軍先頭部隊被嚇唬住了，他們按兵不動，在百米之外守着。

大家都高興得歡呼起來。小雲摟住小嵐，開心雀躍：「小嵐，我們成功了！我們成功了！」

兩名僧人雙手合十，感謝菩薩保佑，又直朝小嵐翹大拇指：「小姑娘，你的鎮妖筆真厲害。」

小吉蹦蹦跳跳地跑上來，邊跑邊揚着手中的錄音筆：「小嵐姐姐，這筆真好玩，真好玩，一下就把敵人

嚇退了！」

小嵐得意地笑着：「哈哈，這叫正義必定戰勝邪惡！」

瘦僧人說：「如果能再抵擋一個時辰，李世子就可以把畫畫好了。」

五個人在門樓上監視着敵人，過了一會兒，又見到遠處出現了火光，那火光漫山遍野，像是很多人往這裏來了。

是定難軍主力部隊？大家不禁緊張起來。

火光越來越近，已聽到人喊馬叫的聲音。看樣子人數不少！

不一會兒，那支隊伍已跟先頭部隊匯合。

火光照耀下，可以清楚見到領隊的是一個氣宇軒昂、身穿將領服飾的中年男人。先頭部隊的軍官一見，立即翻身下馬，向中年男人叩頭行禮。

小吉說：「這人一定是個大將軍。」

小嵐肯定地說：「是李元昊！」

小雲吃驚地問：「你怎麼知道？」

「因為……」小嵐剛想說，她在現代時看過一幅李元昊的繡像，但又怕說出來嚇着了兩個僧人，便說，「我會算！」

這時候，聽得那軍官大聲説：「先鋒宇文茂恭迎西夏王！」

小吉驚訝地説：「小嵐姐姐，你好厲害啊！那人果然是李元昊呢！」

小雲説：「我們趕快如法炮製，嚇退李元昊的軍隊。」

小嵐見到李元昊帶來的軍隊，起碼有兩三千，心內不禁嘀咕：李元昊向來驍勇，又帶了這麼多人馬，他會不會被嚇倒，還很難説呢！

但小雲和小吉挺樂觀的，小吉已經跑下門樓，邊跑邊説：「小嵐姐姐，我下樓去了！我們還是按剛才的暗號，你一喊，我就按按鈕！」

小嵐觀察李元昊，只見那軍官跟他指手劃腳地説着話，看手勢應是告訴李元昊山門內有很多人馬。李元昊臉露懷疑，似乎不相信。

兩個僧人顯然都感到壓力。胖僧人説：「向來聽説李元昊勇猛非常，他會懼怕寺內兵馬嗎？」

小嵐説：「這也是我擔心的。不過，見機行事吧！」

這時候，李元昊策馬走前兩步，大聲喊道：「裏面守軍聽着，我是西夏王李元昊。本王到此，只為禮佛燒

香，並無惡意，請開山門，讓我們進去。」

小嵐說：「西夏王大駕光臨，有失遠迎！禮佛燒香本是好事，本寺歡迎之至。但因何王爺禮佛要帶上大批軍隊，刀光劍影的，似乎並無善意！」

李元昊不耐煩了，他說：「本王出行，有衛隊保護，這有何不可？廢話少說，馬上打開山門，讓我們進去。」

「西夏王根本是來者不善，禮佛只是藉口，要進來，聽聽勇士們答不答應！」小嵐說，「勇士們，拿出你們的威風來！」

小吉一聽，馬上按下按鈕播放錄音。霎時間，山門內響起驚天動地的喊殺聲。

定難軍士兵一聽都大驚，連馬都嘶叫起來。李元昊也顯然嚇了一跳，那匹馬一連後退了幾步，但他很快勒住馬，不讓牠逃跑。

小雲握緊拳頭，喊道：「逃呀，快逃呀！」

定難軍士兵見李元昊不動，也不敢再走，一個個硬着頭皮留在原地。

小嵐心裏暗暗着急，怎麼還不走？再這樣下去，李元昊會看出破綻的。

正在這時候，樓下突然靜了下來，吶喊聲停了。

小嵐吃了一驚，這小吉怎麼搞的，自己還沒有發暗號叫停，怎麼就停了呢！現在正是能否嚇走李元昊的關鍵時刻啊！

　　她正想跑下去看看怎麼回事，卻見到小吉氣急敗壞地跑上來了：「小嵐姐姐，它沒聲了，怎麼辦？」

　　小嵐接過錄音筆，一看，糟糕，沒電了！

第 13 章　李翰之死

小嵐正看着錄音筆發呆，小雲過來問：「怎麼啦？怎麼啦？」

小嵐說：「它沒電了，不可以再發出聲音了。」

「啊！」小雲和小吉雖然不知道「電」是什麼，但卻把「不能再發出聲音了」聽得明明白白，都嚇壞了。

「我們沒辦法再抵擋定難軍了。但李大哥還沒下來呢！怎麼辦？」小雲喊道。

小嵐毫不猶豫地說：「我們下去頂住山門，能頂多久就多久。」

胖僧人說：「我看頂不了多久的，那道山門其實只是薄薄的木板而已。」

小嵐想了想說：「兩位師傅，你們趕快上去幫李世子，讓他趕快把洞口掩藏好。我們在這裏再想辦法，盡量拖一會兒。」

看着三個未成年的孩子，兩個僧人都有點猶豫，瘦僧人說：「不行，要不你們去幫李世子，我們來應付定難軍。」

小嵐說：「別爭了，你們不能落到李元昊手裏，他

一定會向你們逼問經書下落的。我們只是俗家孩子，他們也曉得我們不知情，所以應不會太難為我們。」

「這……」兩個僧人還在猶豫，不忍心留下三個孩子。

「哎呀，別婆婆媽媽的，快走吧！」小嵐急得直跺腳。

兩個僧人只好走了。

小雲突然想起什麼，她驚叫起來：「小嵐，差點忘了一件大事！」

「啊！」小嵐有點迷惘，「什麼事？」

小雲指着天上說：「快看，快看！」

遼闊的夜空，星光燦爛，其中有十顆又大又亮，它們已經在緩慢地靠攏着，看樣子很快會連成一線了。

十星連珠！小嵐猛然記起，今晚子時，十顆最亮的星星會連成一線，自己得在那一刻回到小鍾山，在星月交輝時回到未來！

小吉也喊了起來：「哎呀，我都差點忘了。小嵐姐姐，你快趕去小鍾山吧，現在去還來得及，這裏由我和姐姐頂着。」

小嵐猶豫了。

的確，離十星連珠的時間很近了，得馬上趕去那

守護寶藏的公主

裏。要不，她只能永遠留在這千年前的世界了。

可是，怎可以留下小雲和小吉？讓他們去面對這千軍萬馬呢！

況且，他們也不可能擋得住。這樣的話，未掩藏好的藏經洞便會暴露，大量寶貴典籍會遭受搶掠踐躪，結果什麼都沒有留給後世。

她迅速作了決定。

「小雲，你先和小吉去小鍾山，在那裏等我。」她說。

小雲詫異地說：「為什麼？不是應該你去那裏，我們留下嗎？」

小嵐說：「我自有辦法對付定難軍。你們只管離開就是，我很快就來跟你們會合。」

小吉死活不肯：「不，我們要和你一起對付定難軍，一起去小鍾山。」

小嵐哄他說：「不，還是你們先走。我要施法術阻攔定難軍，施法術的時候，你們不能留在這裏的，否則你們會受傷的。」

「啊，你會施法術？小嵐姐姐，你好厲害！定難軍一定攻不進來啦！」小吉很高興。

小雲說：「那好吧，我們就先去小鍾山。小嵐，你

快點來啊！否則你來不及回去了。還有，你一定要帶着李大哥來……」

小嵐推着他們說：「知道啦知道啦，你們快走吧，我要施法術啦！」

看着小雲和小吉遠去的背影，小嵐鬆了一口氣。叫小雲小吉先去雙子山，是讓他們離開這危險的戰場，她早已打定主意，獨力與定難軍對抗，即使最後為了保護莫高窟而死，也值得！

門外，定難軍叫囂着。有了李元昊這個主心骨，加上山門內沒了喊殺聲，他們的膽子大了起來。

「快開門，不然我們要撞門啦！」

「出來呀，鼠輩，怎麼不出來對陣！」

「快交出金字大藏經，饒你們一命！」

李元昊的野心終於暴露了，他的目的就是金字大藏經。

「弟兄們，衝啊！」李元昊大喊一聲。

山門外，喊殺聲震天。定難軍開始衝過來了。

只能盡量拖延時間……

小嵐吁了一口氣，鎮定地把山門打開了。

門外，數千人馬，每人手持火把，將山門前的廣場照得如同白畫。

李元昊率領的定難軍，在離小嵐十幾米遠的地方停住了。

雖然有數千之眾，但卻鴉雀無聲，連馬兒都停止了嘶鳴。包括李元昊在內，所有人都呆若木雞，幾千雙眼睛盯在小嵐身上。

還以為會湧出許多精壯士兵，怎麼走出來一個纖纖女孩？

她超越時代的美麗，她不同凡響的氣質，她強敵當前的氣定神閒，以及宋人眼中的古怪裝扮——短髮、T恤、牛仔褲……

神仙？……

幾乎每個人心裏都這樣想。在他們心裏，只有天上仙女，才能有如此超凡脫俗的美，才能在強敵面前面不改容。

「你……你是什麼人？」英雄蓋世的李元昊，竟口吃起來。

小嵐微微一笑：「我是小嵐公主。」

「公主？」李元昊狐疑地看着小嵐，腦子飛速轉動着，這女孩如此美麗如此有膽識，也真像個公主。

李元昊放軟了口氣：「你是哪國的公主？」

小嵐微笑着說：「烏莎努爾公國。」

「烏莎努爾公國？」站在李元昊旁邊的宇文茂說，「哪有這個國家的，我從來沒聽過有這個名字。」

小嵐笑道：「你當然沒聽過，這個國家現在還沒建國呢！」

「你！」宇文茂覺得受了捉弄，怒形於色。他拿出弓箭，就想去射小嵐。

「住手！」李元昊制止了他。

李元昊上下打量着小嵐，要是別的小姑娘見到眼前這陣勢，恐怕早嚇得哭爹叫娘了，可眼前這女孩子卻鎮定自如，毫無怯色。

這女孩子究竟是誰？

她說是公主，也真的很有公主的風範。莫非是宋仁宗的女兒？

不會！宋仁宗雖然有十多個公主，但沒聽說過有這麼出類拔萃的。

看她那穿着打扮和氣度，真不像當時的女孩兒。李元昊真有點迷惑了，她究竟是人還是神？

小嵐正想要李元昊有這樣的反應，他越疑惑，就越能拖延時間，就越能為李翰爭取到時間。

一旁的宇文茂按捺不住了，這人向來性子暴躁，又自恃是李元昊的心腹大將，平日便喜歡自把自為。這次

守護寶藏的公主

進攻莫高窟，他在李元昊面前誇下海口，説拿下寺中住持易如反掌，手到擒來，保證問到金字大藏經下落。誰知在山門就被擋住，令他在李元昊面前丟盡了臉。

現在主力隊伍來了，而眼前不過是一個小毛丫頭，但竟然令李元昊卻步。這未免太丟臉了！

他決定助主帥一臂之力，於是悄悄舉起弓箭，瞄準小嵐，就是一箭。

這宇文茂生得孔武有力，又素有「神箭手」之稱，這箭一發，正以雷霆萬鈞之力，直向小嵐飛去。

小嵐把注意力全放在李元昊身上，並未留意他旁邊的宇文茂，所以不知道閃避。

情況危急，小嵐性命危矣！

突然，一個人從小嵐後面衝上來，往小嵐前面一擋！幾乎是同時，那箭「嗖」的一聲，正中那人胸口。

那人身體猛地抖了一下，緩緩倒下了。

小嵐還沒來得及弄清發生了什麼事，那人已倒在她的懷中。

「李大哥！」小嵐驚叫起來。

那救了小嵐的人，正是李翰。

當兩名僧人跑到藏經洞時，李翰剛剛把用來掩藏洞口的畫畫好，他叫僧人先由秘道離開，然後跑來找小嵐

他們。當他走近時，竟發現一枝箭向小嵐飛來。他來不及多想，就飛撲過去，用自己的身體為小嵐擋了那一箭。

「李大哥！李大哥！」小嵐抱着一動不動的李翰，大聲尖叫。

李翰張開了眼睛。他困難地開張嘴巴：「你……有沒有……受傷？」

小嵐淚如泉湧：「我沒事，沒事！是你救了我。」

李翰蒼白的臉上露出了一絲笑容。

小嵐看着氣若遊絲的李翰，心如刀割：「李大哥，你千萬要挺住！人世間還有很多美麗的東西等着你去描繪，你一定要活下去……」

李翰目不轉睛地看着小嵐的臉：「我……我已經……描繪了……人世間最美好的，我……無憾……」

李翰頭一歪，昏過去了。

「李大哥，李大哥！」小嵐驚叫着。

這時，李元昊策馬跑來了。他身後的宇文茂見到射中了人，得意忘形，又拿出一枝箭，搭在弦上，把箭頭對準小嵐。幾千人馬，更是氣勢洶洶，把小嵐兩人圍住，嘴裏還發出「嘿嘿嘿」的吶喊。

小嵐毫不畏懼，她昂起頭，對李元昊和宇文茂怒目

而視，大喊着：「殺人犯！你們這些殺人犯！」

宇文茂喝道：「黃毛丫頭，如此放肆！還不快快讓路，否則這人的下場就是你的……」

宇文茂話未說完，李元昊突然大喝一聲：「住嘴！」

他慌張地跳下馬來，衝向李翰：「天哪，是翰兒，翰兒！」

他一把推開小嵐，把李翰摟在懷裏：「翰兒！翰兒！你怎麼啦，你快醒醒！」

不管李元昊怎樣呼喚，李翰仍然毫無聲息。

李元昊一轉頭，指着宇文茂大罵：「你這個混帳東西，要是我兒子死了，我要你償命！」

宇文茂見自己闖了大禍，嚇得面如土色。

李元昊又低下頭，焦急地喊着：「翰兒，你醒醒。」

李翰眼皮動了動，終於睜開了眼睛：「爹爹，是您？」

李元昊一見，頓時英雄氣短，眼淚直流：「翰兒，翰兒啊！都是爹爹不好，爹爹利慾熏心，一心要搶金字大藏經，才累到你身受重傷。翰兒，如果你能好轉，我什麼都可以不要。」

「爹爹……」李翰説，「孩兒……有個請求，敦煌的人很善良，別傷害他們；莫高窟很美，別破壞它……還有……善待小嵐，她是我的……好朋友……」

「好好好，我一定照辦，你放心好了！」李元昊點着頭。

李翰呼吸越見困難，他仍艱難地轉動着眼珠，像在尋找什麼，他的目光落在小嵐臉上：「小……小嵐，認識你是我此生的榮幸。」

「我也是……」小嵐淚流滿臉。

「記住……」李翰嘴唇蠕動着，但聲音越來微弱，「……記住，你是藏經洞的守護者，你是藏經洞的守護者，你是藏經洞的守護者，我讓你守護着藏經洞……」

李翰一連講了幾遍「你是藏經洞的守護者」，小嵐想，他一定是想自己保護好藏經洞裏的東西，但自己連藏經洞在哪裏都不知道呢！她很想問清楚李翰藏經洞位置，但又不能讓李元昊聽到，只好點頭説：「你放心，我會守護好藏經洞的。」

李翰蒼白的臉上露出了燦爛的笑容，他又看着父親：「把我……葬……在……小鍾……山上，我……要……看着……莫高窟……」

他靠在李元昊臂彎裏的頭突然一歪，合上了眼睛。

小嵐尖叫着：「李大哥，李大哥！」

她看着李翰那張酷肖萬卡的臉，心中痛楚，彷彿是最心愛的人離開了自己。

「啊！」李元昊一聲長嘯，「翰兒，翰兒啊！」

李翰沒有回答，他把滿腔鮮血，灑在了敦煌的土地上，把年輕的生命，獻給了莫高窟藝術……

117

第 14 章　時空器奇跡出現

小鍾山上多了一座新墳，那是李翰的墓。

完成祭奠儀式後，李元昊傷心地走了。看着他一夜之間變得微駝的背，小嵐心裏不禁生出了一絲憐憫。

李元昊全部兌現了對兒子的承諾：嚴禁士兵屠殺敦煌民眾，令那裏的人民總算逃過一劫；雖然仍然派軍隊把莫高窟搜了一遍，但明令不可破壞那裏的一塑像一壁畫；對小嵐雖然滿肚子怒氣（要不是她把軍隊擋住了，就不至於連和尚都沒抓到一個，無法查到金字大藏經下落），但也沒敢動她分毫。

「小嵐，我跟小吉去摘些沙棗花來。」小雲説完拉着小吉走了。

小嵐站在李翰墓前，那墓是用石砌成的，呈半圓形，四面還用石塊砌了圍欄，李元昊特地叫人從敦煌城運來石塊，還請來巧手工匠，為兒子盡了最後一點心意。

小嵐看着碑上用李元昊親自寫的那兩行字：

愛兒李翰之墓

父泣立

118

她心裏一酸，眼淚不禁又掉了下來。

她見到碑上的字有點泥巴，便用袖子輕輕地擦着。突然，眼光停在上面的字——「父泣立」，天哪，這不是雙子山上那墓碑上的嗎？原來，李翰就是為保護莫高窟而死的「雙子」之一！

小嵐很激動，怪不得早前在現代時，自己見到雙子山上的兩座墳，會顯得那麼關心，很想去知道墓裏躺着的是什麼人。原來是與自己有這樣密切的關係！

「李大哥，如果我有幸回到廿十一世紀，我一定會為你重新修葺墓地，一定會在莫高窟的功臣榜上，寫上你的名字，並把你的故事傳揚開去……」

小嵐又想，那另一座墓，又是埋着誰呢？不會又是自己認識的人吧？小嵐心裏突然一陣驚慌，不會，不會的，不會那麼巧的！

這時，小雲和小吉每人抱着一大束沙棗花回來了。

小吉把自己的花分了一半給小嵐：「小嵐姐姐，這個給你。」

小嵐接過花，小小的，黃黃的，不起眼的沙棗花，散發出一股甜甜的、清新的香氣，給人一種淡雅、寧靜的感覺。

小嵐把花輕輕放在李翰墓前，她彷彿覺得那花就是

李翰的精靈，因為它跟李翰一樣，都是那樣的清雅脫俗。

小吉也把花放在李翰墓前：「李大哥，你一個人住在裏面，一定很寂寞。要是真有鬼魂的話，你就常常出來找我們玩吧！我雖然怕鬼，但我不怕好人變成的好鬼，你來吧，我一定不會害怕！」

小雲顯得分外傷心，自從李翰去世後，她終日恍恍惚惚的，好似夢遊一樣。李翰是她情竇初開第一個喜歡的男孩子啊！

小雲撲通一聲跪在李翰墓前，抽抽泣泣地把花擱下：「李大哥，你好狠心，你怎麼一句告別的話不說就走了呢！嗚嗚嗚……」

小嵐趕緊扶起小雲，拉她在墓對面的一塊大石頭坐下，一邊給她擦淚水一邊說：「別哭，這樣會令李大哥不安的。或者你可以這樣想，李大哥沒有死，他只是突然去了一個很遠很遠的地方，那裏有高高的山，有翠綠的水，還有如詩如畫的城市……」

「對！大哥很喜歡那裏，就留在那裏了，他在那裏做了很多好事，人民很愛他，後來，還擁護他做了國王，所以，他回不來了……」小吉也過來了，坐到小雲身邊，「我想，李大哥現在一定正坐在翠綠的湖邊，拿

着畫筆畫風景呢！」

小雲臉上浮現了多日不見的笑容：「他不能回來，可以給他寫信。」

小吉乖巧地從「百寶袋」裏拿出一疊信箋：「姐姐，我送這漂亮的信箋給你。」

那信箋粉紅色，形狀短小別致。小嵐一見衝口而出：「薛濤箋！」

「薛濤箋？原來這叫薛濤箋！」小吉好奇地看着信箋，「又是好東西嗎？我隨手從父親書桌上拿的，打算用來摺紙飛機。」

「當然是好東西！唐代有一位女詩人叫薛濤，她喜歡自己造紙，然後在上面寫詩。她用來造紙的原料是一種叫木芙蓉的植物，並取自己宅旁浣花溪水製作，故又名浣花箋。」

小雲拿過薛濤箋，說：「真是太好了，我也用它寫詩，每天來唸給李大哥聽。」

見到小雲心情好點了，小嵐才放了心。

小吉又對小嵐說：「小嵐姐姐，你錯過了十星連珠的時刻，不能再回到一千年後了。不如你就跟我們一起生活吧，以後，你就是我的親姐姐。」

小雲也說：「是呀，你能跟我們一塊生活，這真是

守護寶藏的公主

太好了，我爹爹也一定會很歡迎你的。」

「謝謝你們。我會永遠記得，自己在這一千年前的世界，曾經得過你們兩位好朋友的幫助。要不是你們，說不定我會流落異鄉，在這一千年前餓死、凍死，甚至老死呢！我很珍惜我們間的友情，我也很希望能和你們友誼地久天長。」小嵐説到這裏，輕輕歎了口氣，「可是，我在廿十一世紀有很多未做完的事，那裏也有很多令我牽掛的親人、朋友……」

小雲點點頭説：「我明白，要是我突然去了一千年前，我也會牽掛着這裏，牽掛着爹爹的。」

小嵐仰望長空，她想念一千年以後那塊天空下的養父母，想念曉晴曉星，更想念萬卡——那個深愛着自己的、多次在危急關頭救了自己的萬卡。自己失蹤，他們一定擔心死了，要是真回不去，他們不知難過成什麼樣！

李翰為救她而去世，加上又錯失了回去的機會，小嵐心裏十分難過，她一向無憂無慮的臉上，掛上了一絲愁雲。

小吉從沒見過小嵐這模樣，他不知説什麼安慰的話才好，只好拼命翻他背着的「百寶袋」，希望翻到一件好東西，送給小嵐，逗她開心。翻着翻着，他掏出一個

黑色盒子。

　　小嵐看着那個盒子，眼睛睜得大大的，心砰砰亂跳。她實在不相信竟有這樣的好運氣——天哪天哪，那不是曉星丟失了的時空器嗎？

　　她一手把小吉手裏的黑盒子抓過來。那盒子扁扁平平的，小小的，黑亮黑亮的。

　　不是時空器是什麼？！

　　小吉見到小嵐拿過了盒子，便説：「小嵐姐姐，這也是好東西嗎？你喜歡送給你好了！這是我前些時候在地上撿的，也不知道是什麼。」

　　小嵐開心得喘不過氣來：「好東西，好東西，最好最好的好東西！小吉，謝謝你，你真是我的救星。」

　　曉星丟的時空器，竟然落在一千年前，又讓一個跟曉星長得一模一樣的男孩撿到，這事真是太巧太巧太巧了！

　　小嵐驚喜萬分，她用指甲在盒子上那條細細的縫裏一撬，把盒子打開了。

　　精巧的小零件，頭髮絲般細的電線，中間還有個日期顯示屏，上面閃着綠熒熒的字⋯⋯

　　千真萬確，真是久違了的時空器！

　　小雲和小吉看得目定口呆，還以為只是一個光不溜

123

守護寶藏的公主

秋的古怪東西，誰知內裏有乾坤。小吉嚷道：「這是什麼？那一閃一閃的是什麼呀？好有趣！」

小嵐回答：「是時空器⋯⋯」

小嵐還沒說完，小吉就一手從小嵐那裏拿過了時空器，又好奇地在上面亂按起來。

「別按！」小嵐一見忙制止他。

但可惜，晚了！

盒子開始有變化，裏面亮起了一盞小紅燈，小紅燈動了起來，滴滴滴滴，滴滴滴滴⋯⋯

小吉驚訝地喊着：「小嵐姐姐，怎麼啦？」

話音未落，他們坐着的那塊巨大的石頭，突然轉動起來，越轉越快，越轉越快⋯⋯

三個人嚇得抱作一團。

第 15 章　穿越另一時空

天旋地轉，天旋地轉，小嵐和小雲小吉被一股力量無情地翻捲着，他們像掉進了一個深不見底的洞⋯⋯

不知過了多長時間，終於，他們「砰砰嘭嘭」地，一個接一個掉落地面了。

小嵐因為有了幾次穿越時空的經驗，所以很快就清醒了。她發現身下軟軟的，暖暖的，用手一摸，抓了一把沙子，原來掉在沙子上，怪不得掉下來時不怎麼痛。

聽到身旁有人哼哼，一看是小雲，她蜷縮着身子躺着，摸着肩膀叫痛。

只見到小吉坐了起來，「呸呸呸」地吐着沙子，原來他掉下來時，臉貼着地，不小心吃了一嘴沙子。

小嵐心裏暗暗自慶幸，好在三個人沒有失散，要是東一個西一個，那找起來就麻煩了。

「起來！」小嵐使勁地把小雲拉了起來，「你們沒事吧，有沒有摔着了？」

小雲仍哼哼着：「媽呀，究竟發生了什麼事，好像一陣狂風把我們颳了很遠很遠⋯⋯」

小吉卻很興奮：「好玩好玩，會不會跟我按了那個

守護寶藏的公主

什麼器，結果像小嵐姐姐一樣穿越時空了？我們是去了一千年後，小嵐姐姐那個年代嗎？小嵐姐姐，我要去你家玩！」

小嵐生氣地說：「你手多多亂撳，還不知道你撳了哪一年呢！要是去了侏羅紀時代，我們就會被那些巨大無比的恐龍當早餐吃了！」

「恐龍？」小吉一聽，顯得十分興奮，「恐龍真的很巨大嗎？有沒有我們隔壁李員外的看門狗大？」

小嵐沒好氣地說：「什麼看門狗！那恐龍呀，比你們家的房子還要大好幾倍呢！」

小雲慌得直往小嵐背後躲：「恐龍好可怕！哪裏有恐龍？我不要見到恐龍！」

小吉也嚇得臉色發白：「這麼大，我不要！讓恐龍咬一口。『咔嚓！』」

「啊！」這回是小雲和小吉兩姐弟一齊尖叫起來了。

小嵐由他們叫去。她四顧周圍環境，想知道他們究竟到了哪裏。當她一轉身時，馬上吃驚地大叫起來：「啊！你們看！我們還在原來的地方呢！」

順着小雲的手望去，只見茫茫沙漠上，聳立着一長溜熟悉的古樸建築，在藍天下勾畫出美麗的剪影。

那不是莫高窟嗎？

大家望着莫高窟發呆。

看來大家都表錯情了，原來並沒有穿越時空，他們仍然在莫高窟。

小吉見危險解除，便說風涼話：「本來見見恐龍老兄也不錯啊！」

小雲捶了他一下：「剛才不知誰害怕得鬼叫呢！」

小吉剛要辨解，忽然聽到「叮鈴叮鈴」的鈴聲，一看，有幾輛馬車正朝他們而來。

陽光下，可以清楚看到，駕車的男人頭頂光溜溜的，胸前還搭着一條長辮子……

小吉驚訝得很，說：「那人的打扮真怪！」

他話沒說完，小嵐就驚叫起來：「啊，原來我們真的穿越時空了呢！我們來到清朝了！」

小雲小吉一聽，異口同聲問道：「清朝有恐龍嗎？」

聽到小嵐否定回答，他們才放了心。

小雲又問：「清朝？清朝是什麼朝代？離宋朝多久？」

小嵐說：「宋之後是元朝，元之後是明朝，明之後才是清朝，我們來到了八百年後了！」

「啊！八百年？！」小雲和小吉大張着嘴巴。

小吉又狐疑地看着周圍：「八百年後，怎麼跟我們那時差不多樣子！」

小嵐說：「這裏除了沙子還是沙子，再過八百年還是一樣，不會變的。」

小雲說：「既然樣子沒變，那你怎麼知道現在是八百年後？」

小嵐指着走近的馬車：「你們看，那人頭上的辮子就是證明。因為自從愛新覺羅皇太極滅了明朝，建立清朝後，就要所有漢人都按滿族習慣，把前顱、兩鬢的頭髮全部剃光，僅後顱留下頭髮，編成一條長辮。」

小吉驚訝地說：「這種打扮太古怪了，清朝的人幹嗎打扮成這樣啊？」

小嵐解釋說：「這種髮型有助於打仗時佩戴頭盔與軍帽，頭皮面積增大磨擦力也會增加，可以減少打仗時頭盔或軍帽歪斜遮住眼睛，或者掉落。還有頭光光的容易辨認，戰場上避免被自己人誤殺。」

「原來是這樣！」小吉靈機一動，「咦，清代，不正是你提到的那個王道士的年代嗎？要是現在王道士還沒有發現藏經洞，那就好了。我們可以搶先把寶物挖出來，重新藏好，那王道士就不能把寶物送給別人了。」

「小吉的腦筋就是靈，你跟我不謀而合呢！」小嵐又說，「等會兒我去向馬車上的人打聽清楚，我會見機行事，你們別出聲，免得露了破綻。讓人知道我們來自別的年代，那會很麻煩。」

「好，我們不出聲！」小吉做了個用針線縫嘴唇的動作。

馬車「叮叮叮」地走過來了，見到有三個古裝打扮的孩子站在沙漠裏，前面那輛車的趕車人「吁」一聲，喊停了馬。

趕車人用驚訝的目光把小嵐三人上下打量：「你們是哪家的孩子？幹嗎穿成這樣？」

三個人頓時語塞，他們都忘了自己都穿着宋時服飾。

幸好小嵐機靈，上前說道：「叔叔，我們是戲班的人。」

「哦，怪不得穿成這樣！」那人說，「真巧，我們也是戲班的人呢！」

「什麼事？為什麼停車？」這時，車簾一揭，篷車裏走下來一個人。他身穿長袍馬褂，頭戴一頂瓜皮帽，是典型的清裝打扮呢！可能因為風沙太大，他用一條圍巾遮了大半張臉，看不清樣貌，但聽聲音應很年輕。

太不可思議了，怎麼會一連碰到兩個
長得跟萬卡一模一樣的人？

「任班主，是三個孩子，他們也是戲班的。」

那人下了車，可能覺得捂着圍巾說話不方便，便把圍巾拿下來了，露出了整張臉。

「啊！」小嵐，還有小雲小吉，一齊驚叫起來。

太怪異了！剛下車的那人，竟長得跟李翰一模一樣！

小吉想起自己在李翰墓前說過的話，嚇得倒退兩步：「李……李大哥，你該不是聽了我的話，真的來找我們玩吧！」

131

小雲一點也不害怕，她用哀怨的眼神看着任班主：「李大哥，難道你捨不得我，特地回來找我嗎？」

小嵐不信有鬼，她只是覺得太不可思議了，怎麼會一連碰到兩個長得跟萬卡一模一樣的人？之前是李翰，現在是眼前這位任班主。

任班主見到三個人如此反應，十分奇怪。

小嵐最先清醒過來，她趕緊晃晃小雲和小吉：「喂喂，你們醒醒，他不是李大哥呢！」

小吉說：「我都覺得不是，李翰大哥怎麼會當了戲班班主呢！」

小雲卻不同意：「不，我寧願是，我寧願李大哥還活在世上。」

守護寶藏的公主

小嵐見任班主聽得一頭霧水，便說：「任班主別見怪，因為我們一個很要好的李大哥剛剛去世了，他跟你長得十分相像，所以都失態了。」

任班主恍然大悟，忙說：「不要緊不要緊，我怎麼會怪你們呢！你們要是不嫌棄，就叫我任大哥或者竹天大哥吧！」

小嵐和小吉都脆脆地喊了一聲：「任大哥！」

惟有小雲還死抱住幻想：「不，我要叫你李大哥！」

「沒關係，你想叫就叫吧！」任竹天一臉憐憫地看了小雲一眼，又問，「你們……你們為什麼穿着戲服跑來這裏？」

「我們……」小嵐發揮了她的編故事天分，「我們三個因為演戲忘了台詞，被班主追打，我們連戲服都來不及換，就跑出來了。跑着跑着迷了路，來到這裏。」

「真可憐。」任竹天歎了口氣，又問，「你們是哪個戲班的？我們也常來這裏演戲，怎麼沒見過你們？」

「我們是鳳凰飛飛戲班的。」小嵐胡亂想了個名字，「我們是外省的戲班，臨時在敦煌落腳。剛好有戶人家辦喜事，就請我們唱一場。」

「原來是這樣。」任竹天又說，「這裏回敦煌有很

長一段路，我派輛車送你們回戲班去吧。」

小嵐搖搖頭說：「我們不回去了。一來戲班這個時候應該離開敦煌了，二來，我們也不想再回去挨打挨罵了。」

「不回去也就罷了，免得受苦。」任竹天點點頭，又說，「這樣吧，你們就跟我們去莫高窟，那裏有個廟會，我們會在下午演出一場。我們明天一早就回敦煌，到時再送你們回家。」

小吉一聽，高興地嚷着：「廟會？太好了，我們那時也有搞廟會呢，好熱鬧啊！真沒想到，過了八百年，還有廟會。」

任竹天有點莫名其妙：「什麼八百年？」

小嵐忙替小吉掩飾：「這個孩子常給班主打，弄得腦子都出了毛病，常說些莫名其妙的話。」

任竹天皺着眉頭：「啊，可憐的孩子！」

小嵐又說：「他忘性大，他常常連現在是何年何月都不記得呢！」說完，偷偷朝小吉眨了眨眼睛。

小吉好聰明啊，他趁機拉着任竹天的手，說：「哥哥哥哥，現在是什麼時候啊？現在誰當皇帝？」

任竹天驚訝地看着小吉：「哎呀，這孩子真糟糕，連這個都不知道！」

　　小吉扭着身子，説：「告訴我，告訴我嘛！」

　　任竹天説：「好好好，我告訴你。現在是清光緒二十七年，光緒爺當皇帝呢！」

　　小嵐暗暗計算了一下日期，糟了，據記載，王道士發現藏經洞是在一九零零年六月二十二日，即是清朝光緒二十六年五月二十六日，那豈不是説，現在已經是發現藏經洞的第二年了！

　　糟了糟了，不知道王道士把經書賣給外國人了沒有。

　　任竹天很照顧幾個孩子，他騰出了一輛最舒服的馬車，讓小嵐他們幾個坐了。馬車又起行了，馬蹄得得，一路向着莫高窟走去。

第 16 章　尋找王道士

這就是八百年後的莫高窟？

三個孩子呆呆地看着那熟悉的建築，除了外觀舊了，一切都沒變。李元昊入侵、山門抗敵、李翰去世，一切都彷彿只是一場夢！

任竹天見到三個孩子看着莫高窟發呆，還以為他們是第一次見到莫高窟着迷了，便笑着說：「很美吧？我也是因為喜歡莫高窟，才常常長途跋涉，來這裏演出，順便一睹莫高窟的風采。我第一次站在這裏時，也驚訝得呆了半天呢！古人創造的智慧，真是舉世無雙啊！裏面的壁畫更美呢，你們可以找時間去看看，一定流連忘返！」

任竹天真是個好人，自己忙得不可開交，還不忘對三個孩子關懷備至。到了落腳的地方後，他馬上找來三套衣服，讓小嵐他們三個換了，免得他們老是穿着那套闊袍大袖的古代服裝，然後，又吩咐負責雜務的吳嫂好好照顧他們。

吳嫂人很和藹，老是笑瞇瞇的，問他們餓不餓，又問他們想去哪裏玩，她可以帶路。

還用帶路嗎？小嵐他們對這裏再熟悉不過了。小嵐說：「謝謝吳嫂，我們自己去逛行了。你忙吧！」

「好的，那你們小心啊！等會開演了，記得回來看戲，給你們留着好位子，啊！」

「謝謝吳嫂！」

吳嫂一離開，小嵐就拉着小雲小吉：「我們趕快去找王道士，探聽一下藏經洞經書的下落。」

平日行人稀少的莫高窟，現在變得熙熙攘攘的，洞窟前面的空地上，擺了許多攤檔，有賣吃的，也有賣穿的、用的。小雲和小吉一見就憋不住了，在人羣中鑽來鑽去，見到新鮮東西就不肯走，拉着小嵐說要買。弄得小嵐直想一人送一個「糖炒栗子」，那時用的是光緒年的銅錢，他們哪有這種錢啊！

小嵐一頓腳：「你們還有完沒完，還說什麼要搶救藏經洞寶物，現在任務還沒完成，你們就只顧玩！」

小雲低着頭、嘟着嘴，一副滿委屈的樣子；而小吉呢，卻朝小嵐翻白眼。他們那模樣，跟曉晴曉星真是太像了。

小嵐不禁撲嗤一聲笑了起來。

小雲小吉見小嵐笑，馬上撲過去咯吱小嵐，誰知讓小嵐來個大反攻，三兩下功夫就制服了他們——左手夾

着小吉鼻子，右手揪住小雲耳朵。

小嵐動作輕輕的，小雲仍誇張地尖叫着「爹啊娘啊」。

小吉好漢不吃眼前虧：「姐姐饒命，姐姐饒命！我們以後全聽你的！」

小嵐放了他們：「好，乖乖跟在我後面！」就領頭走了。

莫高窟裏還是那些熟悉的壁畫，他們一個洞一個洞地找，想找到一個可以打聽消息的人，但是一連走了十幾個洞，都沒有人。

他們又走進了一個洞窟。咦，這個洞很奇怪哦，神壇上，供了一個道教的始祖——元始天尊，壁上有很多新繪畫的有關道教故事的壁畫，把原來的畫都蓋住了。四邊靠牆處，還豎立着好些塑像，有些已經完工，有些還只是做了一半。這些新塑像都有一個特點，就是做工異常粗糙，色彩過分鮮艷，給人一種俗氣的感覺。

小雲小吉異口同聲地說：「我們那時候並沒有這些啊！」

這些塑像小嵐在現代時看到過，那時她心裏還挺疑惑的：怎麼在那些線條飄逸顏色典雅的塑像裏，夾雜了這麼一些極不協調的作品？

現在她明白了，一定是王道士弄的。

正看着，身後突然響起一把沙啞的聲音：「你們是誰？」

一回頭，見到了一個看不清年齡的人。只見他個子不高，瘦瘦的，身上穿着一件又髒又破的道士袍。他的臉上帶着一副緊張又驚惕的表情，眼睛雖然細得只剩下一條縫，但你仍感覺得到他眼皮下的眼珠子死死地盯着你。

小嵐小聲對小雲小吉說：「是王道士！」

小雲問：「你怎麼知道？」

小嵐說：「拿走藏經洞文物的史提芬，曾經給王道士照過一張相片。那相片一直流傳到我們的年代，在很多有關敦煌的書刊中出現過。」

小吉很迷惑：「相片是什麼？」

「相片是……」小嵐一下子不知怎麼跟他們講清楚，只好說，「照片跟畫像差不多，都是把人的相貌留在紙上……」

小吉自作聰明：「哦，我明白了。你看過他的畫像。」

小嵐也沒顧得上跟他們再解釋，她走到王道士跟前，說：「王道長你好，我們是慕名而來，參觀莫高窟

壁畫的。」

王道士那雙小眼睛稍為睜大了一點點，他說：「你怎麼認識我？」

小嵐說：「嘿，王道長大名鼎鼎，有誰不知道？世界上很多人都認識你呢！」

小嵐說的是實話，不論是中國人還是外國人，提起敦煌瑰寶，就必然會想起這個為了小小利益賣掉無價之寶的王圓籙。

王道士可不知道這些。他沾沾自喜的，真以為自己功德無量以至美名在外。

小嵐裝出一副崇拜的樣子，違心地說：「王道長，這個洞很漂亮啊，比別的洞都漂亮！」

王道士笑了，眼睛又眯成了一條線：「這都是我請人新做的，可惜沒有錢了，所以工程都停了下來。」

小嵐順着他的話，說了聲：「可惜、可惜。」

小嵐擔心那批經書下落，迫不及待地問：「聽說你發現了藏經洞，裏面有很多寶貴的書籍。」

王道士一聽，眯成一條線的眼睛又睜大了些，露出了一點點黑，一點點白，警惕地看着小嵐：「誰告訴你的，沒有的事！」

他又往外推着小嵐他們：「到別的地方玩吧，去去

去！」

結果三個人全被王道士硬推出洞外。

小雲説：「王道士不肯講，怎麼辦？」

小嵐觀察了一下附近環境，説：「不要緊，我記得第一藏經洞的位置，它就在第十六洞窟甬道的北壁。今晚我們來個夜探莫高窟，自己去查。」

小吉歡呼起來：「夜探莫高窟，太好玩了。贊成！」

「噓——」小嵐忙提醒小吉，別太得意忘形，讓王道士聽見就不好辦了。

「現在離天黑還早呢。」小雲提議説，「我們先去看任大哥他們演戲，怎樣？」

小嵐和小吉都贊成，三個人便向戲台走去。

遠遠聽到鑼鼓聲，又聽到一陣高亢激越、粗獷豪放的男聲，小嵐聽出，那人唱的是秦腔。秦腔的演唱風格是旋律大起大落，有酣暢淋漓之感，因此民間有「怒吼秦腔」的説法。

三個人擠進看戲的人羣，見到台上有一名少年，正唱到激越處，引得台下一陣陣叫好聲。

「啊，是任大哥呢！」小雲驚叫起來，「任大哥扮相好帥啊！」

小嵐看了一會，知道演的是傳統劇目《趙氏孤兒》。任竹天扮演十五歲的孤兒趙武，扮相風流倜儻、氣宇軒昂。怪不小雲一連叫了幾聲好帥。

　　小吉聽了一會，說：「任大哥唱的是什麼？」

　　小嵐回答道：「秦腔《趙氏孤兒》。」

　　「趙氏孤兒？」小雲想了想說，「趙氏孤兒的故事聽爹爹講過，但從來沒聽過有秦腔這種戲。」

　　小嵐說：「你是少見多怪。秦腔這劇種，是起源於古代陝西、甘肅一帶……」

　　正說着，戲演完了。

　　小雲跑上台，把剛謝完幕的任竹天拉住，說：「任大哥，你演得真好！」

　　任竹天笑着說：「見笑見笑！」

　　小雲着迷地看着任竹天俊秀的臉孔，說：「任大哥，你能教我唱秦腔嗎？」

　　任竹天說：「沒問題，有空可教你。」

　　小雲高興得拉着任竹天的膀子，搖呀搖的，把任竹天鬧了個大紅臉。

第17章 護寶大同盟

深夜，萬籟俱寂。

三個孩子悄悄地起了牀。隔壁房子都很安靜，演員們都睡下了。

他們悄悄地向莫高窟走去。小雲和小吉顯得興致勃勃的，小吉一副探險家的模樣，一手舉着火把，無所畏懼地走着；小雲雖然不時小聲發出「好驚啊」的尖叫，但都沒有停下腳步。

莫高窟洞窟有近一千個，要在裏面找到現代編號為十七窟的第一藏經洞，還真是一件困難的事。幸好，要做這件事的是馬小嵐，天下事都難不倒的馬小嵐，她憑着過人的記憶和絕頂聰明，終於在摸索了一個多小時之後，在一處不起眼的洞窟內，找到了第一藏經洞。

洞口有道木門，木門有把大鐵鎖鎖着。小嵐從門縫往裏看了看，黑咕隆咚的，什麼也看不到。她用力推了推木門，那門挺堅固的，要進去，只能把鎖打開。

「小嵐姐姐，讓我來！男孩子比女孩子力氣大。」小吉走過去，紮起架勢，「嘿」了一聲，一掌向木門推去。

「住手！」有人喝了一聲。

聲至人也到，一個身形矮小的人閃過來，把洞口擋住了。

小吉急忙收手，

大家一看，來人是一個小道士。他長得圓頭圓腦的，看樣子跟小吉差不多年紀，大約十四五歲左右。

他把手裏的木棍在地上頓了頓，大聲說：「你們是誰？為什麼要破門？」

小吉雙手叉在腰上：「我們是探險家，來看看藏經洞。」

「師傅吩咐過，這洞不許進去！」小道士一副沒商量的樣子。

小雲一臉不滿：「哼，有什麼了不起！」

「幹嗎這麼兇，不進就不進！」小嵐故意試探小道士，「反正裏面的東西都給了那外國人了。」

小道士搖頭：「不！」

小嵐一聽大喜：「你是說，藏經洞裏的經卷還原封不動的，一樣沒少？對不對？」

小道士還是搖頭：「不！」

「這也不，那也不，究竟怎麼啦……」小雲朝小道士瞪眼睛。

守護寶藏的公主

　　小道士說：「師傅發現藏經洞後，曾經拿了十幾冊經卷去送給縣令大人和道台大人，問他們要不要把東西收歸國有。」

　　小吉急忙問：「哦，那兩位大人把東西全拿走了？」

　　小道士說：「不！他們認為這些東西並不值得收藏。縣令大人還說，那些經書的書法還沒有他寫的漂亮。」

　　小嵐鬆了一口氣：「哦，只是少了十幾冊書，還好。」

　　小道士又搖頭：「不！」

　　「不不不！」小雲氣得衝到小道士面前，雙手叉着腰：「你你你，說話繞來繞去，有什麼話，馬上說清楚。」

　　小道士被小雲嚇呆了，眼睛一眨一眨的，看着小雲的臉。

　　小嵐拉開小雲，在她耳邊說：「我的大小姐，你別激動好不好？等會嚇壞了他，他連個『不』字都不說，就更糟糕了。」

　　小嵐又去安慰小道士：「小師傅，不要緊，慢慢說，乖！」

小道士好不容易恢復常態，說：「因為師傅跟那外國人史提芬約好，今天半夜就來把經書全部運走。」

這消息，令小嵐三個人又驚又喜。驚的是王道士竟然真的要把寶物送給外國人，喜的是事情還沒有發生，還來得及去制止。

小嵐忍不住大喊一聲：「不能讓他們把東西運走！」

「不能！」

「不能！」

羣情激昂。

小道士呆呆地看着他們：「這又不是什麼寶貝，你們幹嗎這麼激動？」

小雲說：「怎麼不是寶貝？笨！」

小吉說：「當然是寶貝！蠢！」

小嵐拉住小道士，鄭重地說：「小師傅，我現在沒時間跟你詳細解釋，我只能告訴你，這藏經洞可是個寶藏，裏面的東西都是我們中華民族的寶貴遺產，絕不能讓它被外國人奪走。」

小道士眨巴着眼睛，對小嵐說的話似懂非懂。

小嵐又誠懇地說：「小師傅，你希望我們中國人的寶物給帶到外國嗎？」

小道士搖搖頭。

小嵐又說：「你想將來被無數中國人罵你們愚昧無知，罵你們是千古罪人嗎？」

小道士又搖搖頭。

小嵐拉着小道士的手，「那我們做盟友吧，我們一同來保護莫高窟，保護藏經洞。好不好？」

小道士眼裏雖然還有些迷惘，但他還是點了點頭。他相信眼前這個又漂亮又和善的姐姐。

「好！」小嵐伸出手，「我們四個人一條心，組成保護藏經洞大同盟！」

「我加入！」小雲把手搭到小嵐手上。

「我也加入！」小吉也把手按在小雲手上。

小道士猶豫了一下，也學着他們的樣子，把手搭在小吉手上：「我也加入！」

小嵐說：「好，現在宣布，大同盟成立。下面，我們來一起出主意，怎樣去阻止外國人運走寶物。」

小吉搶着說：「我們守着大門，不讓他們進！」

「不！」小道士搖搖頭，「不行，那史提芬帶來了幾個保鏢。那些保鏢功夫可利害了，我們攔不住的。」

小雲說：「我們去偷襲外國人的大本營，放走他們的馬匹。他們沒有了馬，就不能把東西運走了。」

「這主意有一點點建設性。不過，那只是暫時性的，外國人很快就會找到別的馬，把東西運走。」小嵐想了想說，「我倒有個主意，不如我們去請任大哥幫忙。任大哥戲班有十幾二十人，其中還有一些是會點武功的，要是他們來幫忙，加上我們四個，一定能把外國人轟走。」

四個人正說着，忽然聽到外面有人聲。小道士聽了聽，害怕地說：「不好，他們來了！」

大家跑出洞外，果然見到一支隊伍，約十多人，十多匹駱駝，正朝這裏走來。

現在去找戲班求援已經來不及了。

小吉不知從哪裏找到兩根木棒，他塞了一根到小道士手裏，又勇氣十足地對小嵐說：「小嵐姐姐，你們女孩子暫時躲避一下，我跟道士哥哥去打跑他們。」

「不行……」小嵐怎可以讓小吉兩個去面對強敵，但沒等她開口，嚇得面如土色的小雲就一把扯住她，把她拉到暗處躲起來了。

見到小吉一點不害怕，小道士也變得鎮定了，他大聲地「嗯」了一聲：「好，我們一齊守着，不許他們進來拿走寶物。」

兩個人一左一右站在洞口，手持木棒威風凜凜地守着。

第 18 章　保護藏經洞

隊伍很快走近，小吉大喊一聲：「站住，不許進！」

帶頭的王道士和史提芬拿火把照了照，發現有兩個孩子擋住洞口。王道士發現其中一個是自己的小徒弟，不禁喝斥道：「你在這裏幹什麼？」

小道士一見師傅，頓時矮了半截，他把木棒藏到背後，說話也結結巴巴的：「我⋯⋯我⋯⋯」

王道士罵道：「欺師滅祖的東西，快讓開！」

小道士看了小吉一眼，猶豫着。

小吉挺了挺胸，說：「道士哥哥，別怕，有我呢！」

小道士一聽，急忙又拿出木棒，攔住洞口。

史提芬有點不耐煩了：「就你們兩個乳臭未乾的毛孩子，也能擋住我們？」

說完，他就想硬往洞裏闖。

小吉喊道：「棍棒無情，等會兒缺胳膊少腿的，別怨我！」

「嘿！嘿！嘿！」小吉一邊喊着，一邊把木棒亂舞

起來。小道士見了，也學他樣子，舞動木棒。

正所謂「盲拳打死老師傅」，他們一陣亂舞，竟嚇得史提芬不敢上前。

史提芬惱羞成怒，喊了一聲：「約翰，快把這兩個小子抓住！」

「是！」隨着一聲震耳欲聾的吼聲，一個長着一頭紅髮的外國人從史提芬身後走了出來，他把雙手抱在胸前，兇神惡煞地往小吉和小道士跟前一站。

小吉和小道士住了手，他們仰起臉，看着這個比他們高了幾個頭、壯得像隻紅毛熊的外國人。小道士嚇得往後縮，小吉卻毫不畏懼，舉起木棒：「嘿，紅毛熊，看棒！」

「紅毛熊」一伸手，輕輕一拉，就把木棒奪走了。他冷笑着，看着小吉。

「嘿！嘿！」小吉用盡全身力氣，想把木棒奪回，但木棒像長在了「紅毛熊」手掌中，紋絲不動。

這時，「紅毛熊」把木棒一扔，伸出左手，一把抓住小吉，又伸出右手，一把抓住小道士，接着使勁把他們往上一提。兩個孩子雙腳離地，拼命掙扎着。

「放開他們！」藏在暗處的小嵐走了出來，她朝「紅毛熊」猛喝了一聲。

在牛高馬大的「紅毛熊」面前，她顯得那麼嬌小，那麼微不足道，彷彿「紅毛熊」吹一口氣都能把她吹走。但她的神情卻又那麼正氣凜然，那麼勇氣十足。

「紅毛熊」竟被嚇住了，他傻愣愣地看着小嵐神聖不可侵犯的神情，雙手不由自主往下一垂。小吉和小道士落了地，趕緊掙開「熊掌」，跑到小嵐後面。小雲這時也跑了出來，站到小嵐背後。

王道士認出了是下午來打聽藏經洞的女孩子，便說：「怎麼又是你呀！你們別再胡鬧了，快讓開！」

「我看，胡鬧的是你呢！」小嵐說，「藏經洞裏的東西，是我們祖先留下來的珍貴物品，你卻要拱手送給外國人。」

王道士臉紅耳赤，說：「你、你……你敢罵我！」

小嵐義正詞嚴地說：「我不是罵你，我是在提醒你。如果你不想背負千古罵名，就趕快懸崖勒馬，別為了一點點錢去出賣我們祖先的東西。」

「什麼，你說我背負千古罵名？你說我出賣祖先的東西？真是豈有此理！」王道士惱羞成怒，他捋袖揎拳，做出要教訓小嵐的樣子。

「紅毛熊」這時也緩過神來了，覺得不可以輸給一個弱小的女孩。他嘿嘿地朝小嵐奸笑着，又恐嚇似地把

守護寶藏的公主

手指關節弄得「啪啪」作響。

小嵐毫不畏懼：「你滾開！」

她握緊拳頭，雙眼怒視「紅毛熊」。小雲、小吉和小道士見到小嵐這樣勇敢，也鼓起勇氣，要做小嵐堅強後盾。

「紅毛熊」仗着自己牛高馬大又有力氣，仍然一步步地向孩子們逼近。

他那長滿紅毛的手，伸向了小嵐……

「住手！」正當「紅毛熊」要欺負小嵐的時候，有人大喊一聲。那聲音，高亢洪亮，震得人耳朵嗡嗡作響。

「紅毛熊」嚇得一哆嗦，伸出的手停在半空。

小吉高興地喊了一聲：「任大哥！」

那人正是任竹天，在他的身後，還有戲班的十幾個人。

任竹天走到「紅毛熊」跟前，說：「太過分了，竟然在我們中國人的土地上，欺負我們中國人的孩子！」

小嵐高興地說：「任大哥，你們來得太及時了！」

任竹天說：「我們聽見這邊很吵，以為來了賊，便跑來看看。沒料見到那紅毛鬼欺負你們。」

小雲說：「任大哥，真的來了賊呢！他們要把藏經

洞裏的東西拿走！」

「藏經洞？」任竹天很驚訝，「有傳說宋仁宗時，為避戰亂，千佛寺的僧人把許多經書藏於密洞內，莫非這事是真的？」

小嵐說：「是真的。這事王道士最清楚。因為在不久前，王道士已經把藏經洞挖出來了。王道士，對不對？」

「這……這……」王道士支支吾吾的。

這時，史提芬皮笑肉不笑地走過來，說：「哎呀，兄弟們兄弟們，一場誤會，一場誤會。其實這洞裏的並不是什麼稀罕東西，只是一些普通的經書和畫而已，因為放了很多很多年，都已經又破又舊，沒有保留價值。」

「你胡說！既然不是稀罕東西，那你千里迢迢帶回你的國家幹什麼？」小嵐又轉身向其他人說，「叔叔伯伯們，你們別上他的當！藏經洞裏面有八百年前留下來的五萬多件珍貴物品，堪稱中華文化的寶庫。書籍種類有五千種之多，除漢文寫本外，還有藏文、梵文、怯盧文、粟特文、古和闐文、回鶻文等民族文字寫本。另外，還有絹本繪畫、刺繡等美術作品數百件。這些東西對研究中國古代的政治、經濟、文化、軍事以及中外友

好往來等，都具有重要的歷史和科學價值……」

小嵐滔滔不絕地說着。

所有人都聽呆了。史提芬暗暗對「紅毛熊」說：「上帝啊，這小姑娘知道我們想幹什麼！」

王道士大吃一驚：「小姑娘，你怎麼知道得這麼清楚？這裏面的東西真有這麼重要嗎？」

小嵐繼續說：「我知道的事還不止這些呢！這些東西如果被外國人拿走，那將來我們的子孫後代想研究敦煌文化，想看一看我們祖宗的東西，都只能去外國看，隔着玻璃看，連摸一摸都沒有機會……」

人們議論紛紛：「那怎麼行！我們中國人自己的東西，要跑到外國看，還不讓摸……」

小嵐又對王道士說：「王道長，何去何從，你要作出抉擇。如果你繼續執迷不悟，要把寶物交給外國人，那你會因為你的無知和愚昧，成了莫高窟的千古罪人！」

王道士嚇得抱着頭：「天哪，幸虧還沒有把東西交給史提芬，我可不想做千古罪人！」

史提芬見好夢成空，不禁惱羞成怒，他朝「紅毛熊」喊道：「給我趕走他們！不管用什麼方法！」

「紅毛熊」一聽，馬上揮起大拳頭，衝向人羣。小

嵐正站在前面，猝不及防，那拳頭眼看要落在她頭上了。正在這危急關頭，站在旁邊的任竹天急忙撲過去，伸手一擋。

以任天竹瘦削的身形，怎擋得住「紅毛熊」的一拳，他向後一倒，頭重重砸在一塊石頭上。

「任班主，任班主！」大家驚叫着湧了上去。

但見任竹天雙目緊閉，已經陷入昏迷。

戲班的人見到班主被打傷，怒不可遏，衝上去要同「紅毛熊」拚命。史提芬另外幾個保鏢一見，馬上衝過去給「紅毛熊」助陣。

史提芬朝趕駱駝的十幾個男人一揮手：「你們也來幫忙，給我狠狠地打，我給你們雙倍工錢。」

那些男人立刻跑過去了，他們一個個都長得粗壯結實，小嵐他們一定沒法抵擋。

「媽呀！」

「哎喲，痛死我了！」

馬上一片叫喊聲。不過，叫喊的並不是小嵐幾個孩子或者戲班的人，而是那四個保鏢。

十幾個趕駱駝的大漢聽了小嵐的話，早就不想幫史提芬趕駱駝了，見到那些保鏢欺負自己中國人，更加氣憤，於是他們衝上去，一個個揮起拳頭，把那四個保鏢

打得哭爹喊娘。

史提芬沒想到情況變成這樣，他嚇得躲在王道士後面，嘴裏嘀咕着：「看看你們中國人，真野蠻！」

王道士慢吞吞地說：「對待你們這些野蠻人，就得這樣野蠻。」

這時，那四個保鏢鼻青臉腫的，被人們按着跪在任竹天面前。任竹天躺在小嵐懷中，臉色蒼白、雙目緊閉，嘴角還在緩緩流血。

「要是任大哥有什麼事，就要讓你們血債血償！」小嵐向那些英國人悲憤地喊道，「你們聽着，我們中國人不是好欺負的，絕不讓你們為所欲為。藏經洞的寶藏是中國人的，要是再敢打藏經洞的主意，就讓你們有來沒回！」

「是，是！」史提芬嚇得嘴角哆嗦着，帶着幾個保鏢逃走了。

小嵐焦急地說：「叔叔伯伯們，請快把任大哥送回敦煌……」

第 19 章　馬小嵐大戰史提芬

敦煌，一個民間老中醫的家。

任竹天靜靜地躺在病牀上，自從挨了「紅毛熊」那一擊之後，他已經昏迷了十幾個小時，一直沒醒。

那位白鬍子的老中醫仔細診斷過，說任竹天腦子受了震蕩，暫時未知損傷程度如何。如果他這兩天能醒來，那就說明傷得不嚴重，要是幾天都不醒，那就麻煩了。那就表示他腦部受到重創，隨時有生命危險。

醫生走後，小嵐讓小雲小吉先去吃點東西，自己拉了一張椅子，坐在任竹天跟前。她拿起任竹天一隻手，嗚咽着說：「任大哥，謝謝你，謝謝你救了我⋯⋯任大哥，你快醒來吧！要是你有什麼事，我一輩子都無法安寧⋯⋯」

的確，如果不是任竹天以身相救，「紅毛熊」那一拳必定砸在小嵐臉上，那後果不堪設想。

任竹天白皙的前額滲出了汗珠，小嵐急忙拿出手絹，替他輕輕地擦着。

也許傷口痛，任竹天喉嚨裏發出了幾聲呻吟，小嵐忍不住眼淚撲簌簌地往下掉。很心痛，也很難過，她

又想起了李翰，用生命保護了她的李翰，想起了小鍾山上的孤墳，不禁心如刀絞。任大哥，你可不能像李大哥那樣撒手離開我，我要你活着！

突然，她想起了在現代看到的雙子山，雙子墳，現在已經知道一座埋的是李翰，那另一座……

她大驚失色，莫非……

她心裏湧上了一股強烈的恐懼感，她不禁驚叫一聲：「任大哥，你別嚇唬我，你別死，你別死啊！」

小嵐伏在任竹天身上，號啕大哭。

一隻手輕輕擱在小嵐頭上：「別哭……」

小嵐愣了愣，她猛一抬頭，看見了一張跟萬卡一模一樣的臉，一雙一模一樣的眼睛。

「任大哥！嗚嗚，你醒了，真好，你醒了！」小嵐抓住任竹天的手，又驚又喜，哭得更大聲了。

「傻丫頭，我沒事，你別哭……」任竹天那雙眼睛溫柔地注視着小嵐。

小嵐擦去眼淚，說：「任大哥，你盡量少說話，我知道你傷口會痛。」

任竹天說：「沒關係，我覺得自己很好，真的。你能平安，對我來講就是最好的靈丹妙藥。小嵐，謝謝你。」

小嵐說：「這句話，應該我跟你說。你明知那英國人的拳頭砸下來有多狠，但為了救我，卻不顧一切迎上去，為我擋了那一拳。」

「不必言謝，這是我應該做的。」任竹天伸手，把小嵐的手握住，「小嵐，你知道嗎，你太令我感動了！你是我見過的最勇敢最美麗的女孩。當看到你正氣凜然地站在藏經洞前面，以弱小的身軀，攔住那幾個彪形大漢時，我腦子裏只有一個念頭，就是保護你，不讓你受到哪怕一點點傷害。」

小嵐說：「任大哥，你過獎了。藏經洞裏的東西，是我們中國人的珍貴文化遺產，如果失去，會成為千古遺憾。所以，我即使拼了命，也要去制止那場搶掠。」

任竹天說：「好，那我們就一起努力，去做我們該做的事。保護莫高窟，保護藏經洞。」

小嵐感動地說：「好，任大哥，那你好好休養，別說話了。」

她替任竹天掖好被子，說：「你先躺着休息，我要馬上去找縣令，請他派兵保護莫高窟……」

這時候，忽然聽到外面有吵鬧聲，又聽到老中醫高聲叫着：「你們想幹什麼！」

小嵐忙起身去拉開病房的門，一看，是五六個衙門

159

的衙役，手執棍子，要衝進來。老中醫阻攔着，不讓他們進。

小嵐問：「什麼事？」

一個小頭目模樣的衙役剛要回答，就聽到一把尖銳刺耳的聲音：「就是她，就是她聚眾鬧事，妨礙我們工作，你們快抓住她！」

小嵐這時才發現，那個又矮又胖的史提芬，在人羣後面走了出來，指着自己高叫着。

小頭目對小嵐說：「小姑娘，你就跟我們走一趟吧，這鬼佬把你們告了。他胡攪蠻纏的，縣令大人也怕了他。」

「走就走！」小嵐冷笑道，「我們就讓縣令評評理，看看究竟是誰在鬧事！」

「小嵐，小嵐！你們想幹什麼，小嵐，別跟他們去！」任竹天急得坐了起來，準備下牀來。

小嵐急得跑回去：「任大哥，你快躺下。」

史提芬一見任竹天，又喊了起來：「他也是鬧事者，快把他一塊帶回去！」

小嵐一轉身，怒視史提芬：「你好沒人性！任大哥被你的同伴打傷了，他目前需要靜養，你敢動他一根頭髮，我跟你沒完。」

那小頭目見到任竹天在病中，也對史提芬說：「史老爺，我看就別帶任班主回去了。」

史提芬看看怒目而視的小嵐，說：「好吧，反正你們是一夥的，跑得了和尚跑不了廟！」

任竹天卻放心不下小嵐，硬是下了地：「小嵐，這些縣太爺，見了外國人就膝蓋發軟，我怕你有理說不清，不能讓你一個人去冒險。」

小嵐死活不讓：「任大哥，你怎麼不聽話！你不能亂走動的。」

「小嵐，別攔我，我一定要跟你一塊去的。」他站了起來，走了幾步，「看，我已經沒事了！」

「你真是！」小嵐沒法，只好趕緊上去扶住他。

到了衙門門口，就聽到小雲和小吉在裏面大吵大鬧：

「你們幹嗎要抓我們！」

「你這糊塗縣官，快放了我們！我小吉可是會功夫的，把我惹火了，哼！」

見到小嵐和任竹天進去，小雲和小吉像見到了救星一樣，飛撲過來。

小雲趕緊上前扶着任竹天：「任大哥，你沒事啦！真好，有你和小嵐在，我就什麼都不怕了。」

　　小吉拉着小嵐：「小嵐姐姐，幸虧你及時趕到，要不我就會出手了，可能現在都已經撂倒十幾個。」

　　小嵐拍了小吉一下：「少吹牛皮！」

　　這時候，縣官從裏面出來了，站在兩旁的衙役，用棍子咚咚咚地敲着地面，嘴裏喊着：「威武——」

　　縣官是個瘦瘦的中年男人，下巴留了一撮像山羊鬍子般的鬍鬚，他用驚堂木一拍：「階下四名人犯，快報上名來！」

　　小嵐瞪他一眼：「什麼人犯？我們根本沒犯罪！」

　　小雲和小吉也異口同聲地說：「是呀是呀，我們沒有犯罪！幹嗎抓我們來！」

　　任竹天彬彬有禮地說：「請問縣官大人，為什麼平白無故抓人，這會引起民憤的啊！」

　　不知什麼時候，衙門門口站了幾十個人，他們這時都在議論紛紛。

　　「是呀，幹嗎把這幾個孩子抓來呢！」

　　「那不是任班主嗎？他不但演戲好，心眼也好，幹嗎把他也抓了？」

　　「縣大人不可以亂抓人啊！真糊塗！」

　　「太過分了！」

　　縣官坐不住了，他恭恭敬敬地問站在一旁的史提

芬：「史提芬先生，你是原告，你説説，任班主和幾個孩子怎麼啦？」

史提芬説：「縣官先生，我是一個考古學家，來中國進行友好的考察活動。但是這幾個人蠻不講理，阻止我進莫高窟洞內進行考古工作，還打傷了我的保鏢。我懇請縣官先生，要他們賠償損失，同時讓我們進洞考察。」

縣官聽了，責問小嵐等人：「那就是你們不對了。史提芬先生是我們尊貴的客人，他喜歡我們的東西，來看看而已，我們不能對人家不禮貌。」

163

小吉大聲説：「他才不是來看呢，他要拿走我們的寶物。」

小雲也説：「是呀，昨天晚上，他想搶走藏經洞的東西。」

縣令一聽，説：「哦，你們是説藏經洞裏的經卷？嘿，我還以為是什麼寶貝呢！王道長拿過幾卷給我看，那些字，還沒有我寫的漂亮呢！史提芬先生要看，讓他看去。你們別那麼小氣！」

史提芬一聽忙順竿子爬：「是呀是呀，不就是一些殘殘舊舊的書嗎，不用那麼緊張！」

「怪不得王道長要把東西給外國人了！你們這些無

知的官員，真是有目無珠，好東西都讓你們糟蹋了！」
小嵐很生氣，「藏經洞裏，都是一些可供研究的珍貴典
籍，都應該好好的保管起來，留給子孫後代。」

縣官聽了，又對史提芬說：「既然這樣，史提芬先
生，您就不能拿走了，不好意思啊！」

史提芬急了：「縣官先生，這……」

他想了想，打開公事包，從裏面拿出一分文件：
「縣官先生，你不給我臉，可不能不給臉你們朝廷
啊！」

縣官大吃一驚：「關朝廷什麼事？」

史提芬揚了揚手中文件，得意地說：「這裏面有一
份我們大英帝國外交部給你們朝廷的公文，要求准許本
人在中國進行所有研究發掘考古工作。還有一份，是你
們朝廷的覆件，內容是願意提供一切方便，答應一切要
求，本人不但可以隨便參觀莫高窟洞藏，還可以帶走可
用作研究的任何物品。」

縣官睜大眼睛：「有這樣的公文，我怎麼沒看過，
給我看看！」

史提芬滿臉狡黠，他把公文遞上去，說：「希望你
看得懂。」

縣官說：「我是進士及第呢，沒有什麼字我看不懂

的。」

可是，當他打開文件時，卻呆住了——兩份文件上面全是雞腸子般歪歪扭扭的英文，他一個字也看不懂。

「哈哈哈！我沒說錯吧，縣官先生。」史提芬哈哈大笑。

縣官滿臉通紅，只好呼呼地生氣。那兩撇山羊子也一翹一翹地，十分滑稽。

史提芬一邊拿回公文，一邊說：「連進士先生都不懂英文，其他人就更加不懂了。既然看不懂，那你就只能相信我了。趕快讓那些鬧事的人滾開，讓我進藏經洞考察。」

「慢着！誰說沒有人懂？！」這時，有人大喊一聲。

這人正是小嵐，

小吉馬上拍手說：「對對對，給小嵐姐姐看，她一定看得懂！」

史提芬用懷疑的目光看着小嵐：「你？你會看英文？」

小嵐一伸手：「給我！」

史提芬把公文遞給小嵐，但一臉看笑話的表情。

小嵐打開一看，哈哈大笑起來：「有人假傳聖旨，

守護寶藏的公主

撒了彌天大謊呢！」

　　史提芬心裏有鬼，所以嚇了一大跳，心想這小姑娘莫非真的懂英文？他馬上臉紅脖子粗地爭辯說：「你胡說，你根本沒看懂，還說我撒謊！」

　　小嵐鄙視地看他一眼：「你這人看來是不見棺材不掉淚，好吧，我就把這兩封公文唸一遍。」

　　小嵐馬上用流利的英語把兩封公文讀了一遍，史提芬臉上紅一陣白一陣，因為小嵐一口標準的英文，讀得一點沒錯！

　　小嵐唸完了，又說：「沒錯，這兩封公文，一封是英政府寫給朝廷的，但只是要求允許史提芬入境而已，並沒有像他剛才說的那些要求；而另一封，是朝廷答允讓他入境的公文，但決沒有他所說的，可以隨便參觀莫高窟洞藏，和可以帶走任何物品。」

　　小吉朝史提芬嚷道：「講大話，用大牙！」

　　小雲咬牙切齒：「卑鄙無恥！」

　　任竹天也一改平日斯文，指着史提芬道：「太過分了，竟敢愚弄我們！」

　　觀看的民眾都嚷了起來：

　　「這外國佬真差勁！」

　　「趕他走，我們不歡迎他！」

縣官這時可高興了，小嵐替他報了一箭之仇呢！他大聲説：「史先生，本官現作如下判決，任班主等四人無罪釋放。史提芬先生，你成了不受歡迎之人，請你儘快離開此地。」

史提芬從小嵐手上拿回公文，垂頭喪氣地走了。

小嵐對縣官説：「大人，謝謝您主持公道，趕走壞人。我還有一個請求，請您派兵去莫高窟，把藏經洞裏的東西保護起來。」

縣官馬上答應了：「好，我明天就派人去。」

當天夜裏，小嵐惦掛着藏經洞裏的寶貝，半夜裏就醒了。

她坐了起來，想了想，就使勁去搖晃身邊的小雲：「小雲，起來，快起來！」

小雲轉了個身，仍想睡：「別吵我……半夜三更的……」

小嵐説：「我擔心藏經洞……」

小雲説話有點含混不清：「擔心什麼呀，那個鬼……鬼佬……，早就夾着尾巴逃走了……」

小嵐皺着眉頭説：「我總覺得不踏實，怕史提芬賊心不死。」

小雲説：「他還能搞什麼，連縣官都不幫他了。再

説，縣官不是答應天亮就派人去守藏經洞嗎？」

小嵐説：「那些人磨磨蹭蹭的，我看還不知什麼時候才能到呢！我想我們先趕去，一方面可以保護藏經洞，另一方面，我怕那些衙役辦事不力，把那些寶貴的東西弄壞了。」

小雲正想説什麼，這時候，砰砰砰，外面有人敲門。

「小嵐姐姐，快開門，我和任大哥要進來商量事情。」是小吉的聲音。

小雲無可奈何地起了牀，嘟着嘴説：「唉，一個個都瘋了，任大哥還有傷在身呢，也不好好休息，一大早起來幹什麼！」

門一開，小吉和任竹天走了進來。

小嵐説：「任大哥，你傷口怎樣，頭還痛嗎？」

任竹天説：「好多了。我找你，是為了藏經洞，我怕史提芬使蠱惑招數。我們馬上動身去莫高窟好不好？」

小雲睜大眼睛：「任大哥，你和小嵐怎麼一個腔調！」

任竹天看着小嵐：「你也這樣想？」

小嵐點點頭。

守護寶藏的公主

任竹天高興地説：「我們英雄所見略同，那還等什麼，起程啊，我把馬車都備好了。」

小嵐説：「任大哥，你有傷在身，就別去了。我留小雲在這裏照顧你，我和小吉去莫高窟就行了。」

小雲高興地説：「好啊，一言為定。任大哥，你就留下來吧，我會把你照顧好的。」

任竹天堅決地説：「不，我不放心你們自己上路，也不放心藏經洞裏的東西。我現在已經沒事了，走一程路而已，沒問題的。」

小嵐知道攔不住他，只好讓他一塊去了。

車子在路上走了好幾個小時，才到了莫高窟，一行四人走進了藏經洞外面的洞窟。

小吉蹦蹦跳跳地走着，一邊大喊着：「有人嗎？我們來了！」

沒有人答應，也不見人影，洞裏安靜得令人害怕。王道士師徒兩人呢？

「哎喲！」小嵐被地上什麼東西絆了一跤，她撿起一看，是一卷宋朝畫軸，啊，是藏經洞裏的東西！

這畫軸怎麼會掉到這裏呢？莫非出事了？！

小嵐驚叫一聲，跑向藏經洞。

藏經洞的門敞開着，小嵐衝了進去，只見裏面空蕩

蕩的，只剩下幾尊斷手斷腳的泥塑。

小嵐腦子裏「轟」的一聲，這些背信棄義的壞蛋，這些賊，強盜，他們把裏面的東西全拿走了！

任竹天三個人也進來了，一看這情景，都呆了。

「史提芬，這混蛋！」任竹天憤怒地說。

小嵐悲憤到了極點，眼裏不禁留下淚來：「都怪我太大意了。早知道昨天多找些人守住莫高窟，這樣，就不會發生這樣的事了！」

任竹天不知道怎樣安慰小嵐好，他拉着小嵐的手，說：「小嵐，別難過，也別自責，你已經盡力了。」

小雲和小吉也圍了上去，大家心裏都很不好受。

突然聽到有人唔唔叫着，大家四處張望，發現聲音是從那些殘破的塑像後面發出的。跑去看個究竟，啊，原來是王道士。

他被五花大綁，嘴巴還被毛巾堵得死死的。

大家趕緊替王道士鬆了綁，掏出了嘴裏的毛巾。小嵐焦急地問：「發生什麼事了，快告訴我們。」

王道士怒氣沖沖地說：「今天一大早，我叫徒弟去買點米回來，他前腳走，史提芬帶着四個保鏢，後腳就來了，要把藏經洞的東西運走。我說不賣了，錢退給他，讓他們快離開。但是那些人馬上露出真面目，把我

守護寶藏的公主

綁起來。他們把東西裝上駱駝，全運走了。」

任竹天忙問：「他們走了多久？」

王道士説：「大約兩個時辰吧。」

小嵐毫不猶豫地説：「王道長，你熟悉這裏的路，你帶我去追史提芬！」

王道士點頭説：「行！這裏正好有兩匹馬。」

小嵐對任竹天説，「任大哥，你和小雲小吉馬上回敦煌找縣令大人，請他讓衙役火速趕來。我會在路上留下記號，讓他們一路上留意。」

任竹天不放心小嵐，便説：「我們戲班常在這一帶演出，我對這裏的路也熟，我跟你去吧！」

小嵐不同意：「任大哥，你有傷，很需要休息，我不可以讓你去的！」

任竹天斬釘截鐵地説：「小嵐，你別説了，我一定要跟你去的。」

小嵐見到任竹天堅決的樣子，知道沒法説服他，只好歎了口氣：「好吧！」

兵分兩路，任竹天和小嵐騎馬去追史提芬，小雲小吉趕着馬車回敦煌去了。

第 20 章　雙子墳的秘密

小嵐和任竹天騎着馬，在茫茫大漠上奔跑着。蔚藍色的天空飄着朵朵白雲，風景十分美麗，但他們都沒顧得上去欣賞。

小嵐不時問着：

「任大哥，你傷口痛嗎？」

「任大哥，你累嗎？」

任竹天蒼白的臉上露出了微笑：「不痛，不累！」

但小嵐還是不放心，她不時瞧瞧他的臉，眼裏滿是擔心。

跑了大約一個多小時，眼前仍是一片茫茫沙漠，放眼望去渺無人跡，史提芬他們難道逃遠了？兩人心裏都很着急。

跑着跑着，天突然變黑了。太陽被陰雲遮蔽，接着又感覺到一陣寒意，風颳起來了。

任竹天抬頭觀天，他喊了一聲：「不好，沙塵暴來了。趕快下馬，找可以隱蔽的地方！」

沙塵暴！小嵐大吃一驚。不久前她和一羣朋友去南非尋找所羅門寶藏，曾遇到過沙塵暴，差點葬身沙漠，

所以她很清楚沙塵暴的可怕。

　　沙塵暴的特點就是說來就來，轉眼間風捲起沙粒，往小嵐和任竹天身上打來。

　　兩個人趕緊下馬，但環顧四周，眼前除了沙子，竟然連一棵樹一塊石頭也沒有。任竹天一手抓住小嵐，說：「快趴下！」

　　風一下就來勢洶洶，兩個人都讓身體盡量貼着地面。但似乎這辦法並不頂用，他們彷彿成了風沙中的葉子，在狂風肆虐下毫無反抗之力，一下就被颳出了老遠。幸得任竹天一手抓住了一隻死駱駝的腳，小嵐也趕緊抓住駱駝，兩人利用駱駝作屏障，才勉強穩住了身體。而那兩匹馬，就被颳翻在地，一路滾着，一霎眼就不見了影兒。

　　「任大哥……」小嵐突然發現任竹天用來包紮頭上傷口的繃帶早已鬆脫吹走了，額頭上淌着血，她剛想張口，卻被灌了滿口沙子，再也說不出話。她只好用眼光向他傳達關切之意。

　　任竹天朝小嵐搖搖頭，表示沒關係。

　　風聲呼嘯，拼命想將他們和死駱駝扯開；沙子飛揚，噼里啪啦像千萬條鞭子抽打着他們的臉。小嵐到底是個女孩子，體力有限，她快支持不住了，抓住駱駝的

手也快要鬆脫了。任竹天急忙騰出一隻手，把她一隻手緊緊抓住。

時間在過去，沙塵暴卻沒有停下的意思。突然，一陣更猛烈的狂風吹來，那股力量，把小嵐和任竹天一下扯離了死駱駝，把他們颳進了一個一米多深的坑裏。

在深坑裏，風力減弱了些，但當他們回過神來，卻發現面臨着更大的危險。

他們掉進一個鬆軟的沙坑裏，也就是説，腳下鬆軟的沙子會令他們不斷下陷，但他們卻不能逃離，因為他們不能動，一動，身體就會下陷得更快。

身體在下陷，而風把沙子不斷颳進深坑裏，轉眼功夫，沙子已經蓋過了他們的小腿。

小嵐説：「任大哥，我們孤注一擲吧。跑是死，站着不動也是死，不如就搏一搏！」

任竹天無語，也只能這樣了。他點點頭，説：「我喊一二三，我們一塊跑。」

小嵐點點頭：「嗯！」

任竹天喊起來：「一、二、三！」

兩人拔腿就跑。但跑了五六步，就沒法再動了——他們都已經深陷沙坑，沙子埋到了大腿。

兩人對視，萬般無奈。

沙子繼續落下，很快埋到了腰間，埋到了胸口。

「任大哥，看來，我們要長眠在此了。」小嵐看着任天竹，清澈明亮的眼睛分外平靜。

「小嵐，為了美麗的敦煌而獻身，我死無遺憾。」任竹天看看着小嵐，滿臉柔情，「小嵐，我能吻你一下嗎？」

小嵐微笑着，點了點頭。

任竹天把小嵐摟在胸前，輕輕地，輕輕地，在她那美麗白皙的前額，吻了一下。

他英俊的臉上，綻開了燦爛的笑容：「小嵐，我已別無遺憾。」

說完，他突然抱緊小嵐的腰，用盡全身力氣，把她拔離沙子，往上一舉，放到自己的肩頭……

「任大哥，你幹什麼？不，你不能這樣！」當小嵐明白了任竹天的意圖時，那個猛烈的動作，已經令任竹天的身體一下子下陷了許多，沙子瞬間埋到了他的下巴。

任竹天眼神堅定：「小嵐，永別了。好好活着，別忘記我！」

「任大哥，你不能，不能啊！」小嵐痛哭失聲。

任竹天的呼吸開始困難，他艱難地說：「把我葬在

小鍾山上，讓我能每天看到莫高窟……」

「任大哥，任大哥……」小嵐狂喊着。

任竹天沒有回答，他臉上很安詳，但已經沒有了呼吸。他的雙手仍然高舉着，穩穩地扶住了小嵐的身體。

「任大哥，任大哥……」

小嵐悲痛的呼喊，蓋過了呼嘯的沙塵暴，在大漠上迴旋、飄遠……

沙子，還在繼續落下，很快又蓋住了小嵐的腿，小嵐的腰，小嵐的胸口。小嵐頭顱低垂，沒了意識。

風，悄悄地停了；沙子，乖乖地伏在地上。寂靜的大漠，彷彿在奏着一曲無聲的哀歌……

177

不知過了多久，一陣人聲打破了沙漠的寧靜。

「小嵐！小嵐，你在哪裏……」

「任大哥，任大哥……」

「快來，這裏有人被埋在沙子了！啊，是小嵐姐姐！」

「小嵐，小嵐！」

小嵐終於睜開了眼睛，她看見了小雲、小吉、小道士，還有戲班的叔叔阿姨和十幾個衙役。

她感到迷惑，發生了什麼事，為什麼自己會躺在大漠裏？為什麼會感到渾身無力？

守護寶藏的公主

「太好了，小嵐姐姐終於醒了！」

「小嵐，任大哥呢？」

任大哥？！電光石火間，她腦子裏想起了剛剛發生的事，她一骨碌爬了起來，發瘋似的挖着腳下的沙子，悲痛地哭喊着：「任大哥，任大哥！……」

當大家明白發生了什麼事時，都瘋了似的跪在沙地上，幾十雙手拼命在沙上挖着、挖着。

半小時後，任大哥被扒出來了，他臉色安詳，但早已沒有了呼吸……

任大哥走了，為了藏經洞，為了小嵐，他獻出了年輕的生命。

按照任大哥的遺願，小嵐把他埋在了小鍾山上，李翰的墓旁。

小嵐很傷心，她不吃不喝，在小鍾山上坐了一天一夜。

廿一世紀雙子山上的雙子墳，原來長眠着李翰和任竹天，這個真相是那麼的殘酷，殘酷得令小嵐的心碎成千萬片。

小雲和小吉遠遠地看着小嵐，兩人不斷地歎着氣。

小吉說：「姐姐，怎麼辦？小嵐姐姐會病倒的。」

小雲愁眉苦臉的：「唉，誰也勸不動她。」

小吉打開百寶袋，亂翻着：「唉，我這個袋子什麼都有，為什麼就沒有能起死回生的寶貝？那我就可以讓任大哥復活……」

「啊！」小雲突然驚叫了一聲，「有辦法了！」

小吉大喜：「什麼辦法？難道你有起死回生的寶貝？」

「不是！」小雲急急地說，「我們不能讓任大哥起死回生，但是我們可以利用時空器回到任大哥出事之前……」

「我明白了！」小吉大喊起來，「我們可以回到任大哥和小嵐去追趕史提芬之前，阻止他們進入沙漠。那樣，他們就不會遇到沙塵暴，那任大哥就不會死了！」

小吉說話間，已經從百寶袋裏掏出了那個黑色的小盒子，把它打開了。

他不加思索地在寫着「起動」的按鈕上撳了一下。小雲一見，忙喊道：「快停，快撳停！」

小吉說：「啊，為什麼？」

「笨蛋，你還沒設定回去的時間呢！」小雲指着時空器，「你看，這上面是小嵐的預設，那是她準備回廿一世紀的時刻！」

小吉急得手忙腳亂的：「哎呀，我不知道怎樣改時

守護寶藏的公主

間呢!」

　　小雲一手搶過時空器,想按停它。

　　但已經來不及了,盒子開始發生變化,裏面亮起了一盞小紅燈,小紅燈動了起來,滴滴滴滴,滴滴滴滴……

　　小雲的身子突然離地,小吉見了,慌忙去拉她。但他不但沒能拉住姐姐,反而自己也雙腳離地了。小吉急得大叫:「哎呀,小嵐姐姐,小嵐姐姐快來幫忙!」

　　小雲也尖叫道:「小嵐,小嵐快來!」

　　小嵐一直呆坐着,一點不知道那兩姐弟在幹什麼,直到聽到小雲的尖叫,才驚醒過來。她一回頭,天哪,小雲小吉已經離地幾尺高。

　　小嵐飛撲過來,一把扯住小吉的雙腳。但是,她根本無法抵擋時空器的力量,連她也被帶離了地面……

　　天旋地轉,天旋地轉,他們翻捲着像掉進了個深不見底的洞……他們緊閉雙眼,不敢睜開。

　　忽然,小嵐抓着小雲小吉的手鬆開了……

第 21 章　驚天大發現

小嵐睜開了眼睛。

仍在雙子山，眼前是李翰大哥和任大哥的墓。

剛才怎麼啦？哦，好像是做了個夢，夢見自己和小雲小吉騰空而起。

小嵐慢慢坐了起來。

不對！任竹天墓前剛剛豎起來的石碑，上面的字怎麼已經變模糊了？而李翰大哥墓旁的圍欄沒有了，墓碑也只剩下小半截？

怎麼回事？

身後有腳步聲。她扭頭一看，一個身材頎長、樣貌俊朗的年輕人快步向她走來。

啊，任大哥？！李翰？！

難道，這世界上真有顯靈這回事，他們回來看我了？

小嵐熱淚盈眶。

年輕人走到她面前，他身穿T恤牛仔褲，渾身充滿陽光氣息。

「小嵐，我來了！」年輕人滿臉笑容，「我這兩天

老惦掛着你，所以一開完世界首腦會議，就馬上趕這裏來陪你了。」

「萬卡大哥……」小嵐一把撲到他懷裏，號啕大哭。

「都是我不好，不應該讓你一個人來敦煌。」萬卡心痛極了，「小嵐，出了什麼事？快告訴我！」

好不容易，小嵐才稍為平伏心情，她抽抽咽咽的，講述了兩個發生在久遠年代的故事，有關李翰和任竹天的故事。

萬卡的心情隨着小嵐的敍述而起伏：小嵐穿越時空，一個人去到遙遠的年代，自己無法保護她，幫助她。但竟然有兩個跟自己長得一模一樣的人，代替自己守護着心愛的女孩小嵐，在小嵐遇到危難時挺身而出，用生命去保護她。

萬卡拉着小嵐的手，走到李翰和任竹天的墓前，深深地鞠了個躬：「李大哥，任大哥，我是萬卡，一個『謝』字難以表達我對你們的感激，我只想在你們墓前發誓，我會用一生去保護小嵐，愛護小嵐，讓她永遠幸福快樂。」

小嵐小鳥依人般，靠着萬卡堅實的、寬闊的肩膀，她決定，今生今世，不再離開萬卡了。

「萬卡，有兩個人我一定要介紹你認識，那就是小雲和小吉……噢，小雲小吉呢？他們上哪裏去了？」這時，小嵐才想起來，剛才穿越時空時，他倆不知掉哪裏去了。

「別着急，我這就吩咐人去找他們。」萬卡拿出電話，又問，「小雲和小吉身上有什麼特徵？」

小嵐說：「你只要讓人去找兩個跟曉晴和曉星長得一模一樣的男孩女孩，就行了。」

萬卡見小嵐不像開玩笑的樣子，便馬上打了個電話，安排隨行衞隊在莫高窟一帶去尋找兩個長得跟曉晴和曉星一樣的孩子。

「放心吧，只要他們是在這附近一帶，很快會找到的。」萬卡又問小嵐，「你說的那幅『天外飛仙』壁畫在哪裏，我太想看了。」

小嵐說：「倪伯伯說，那幅壁畫很具研究價值，所以暫時沒有開放給公眾參觀。我帶你去找倪伯伯，讓他帶我們進去。」

兩人往莫高窟洞窟走去，時間尚早，沒有遊客，走到十七窟外面，小嵐情不自禁地停住了腳步。

這裏，有着許多她和李大哥、任大哥，還有小雲小吉的難忘回憶。

物是人非，李大哥和任大哥都已經長眠地下了。小嵐眼裏又充滿了淚水。

　　小嵐走進了藏經洞，那裏面空蕩蕩的。兩度穿越時空，都無法改變歷史，失去的最終還是失去了，這令小嵐感到揪心的痛。

　　萬卡明白小嵐的心，他摟着她的肩膀，説：「別難過。你已經盡過力，已經問心無愧了。」

　　小嵐收拾心情，走出洞窟。突然有人大喊：「小嵐！」

　　是王銘心！

　　他高興地説：「昨晚我替倪所長弄好望遠鏡，就馬上回去找你，誰知道你已經走了。我還以為你已經離開莫高窟了呢！」

　　「我……」小嵐又停住了，心想不能告訴他穿越時空的事，告訴他也不會相信，於是笑着給他介紹，「這是我朋友萬卡。」

　　王銘心朝萬卡伸出手，説：「你好，我是王銘心。」

　　萬卡伸出手，説：「王先生，你好！」

　　「萬卡？！」王銘心注視地着萬卡，「我在報紙上看過您的照片，您是烏莎努爾國王萬卡！」

守護寶藏的公主

萬卡笑着說：「是的，你好眼力。」

王銘心心情有點激動：「我真沒想到，自己竟然會和一位國王一位公主這樣面對面地說話。」

萬卡笑說：「其實國王跟普通人沒什麼兩樣。」

王銘心說：「您是第一次來莫高窟嗎？那就別錯過機會了，我帶你好好地參觀一下，」

萬卡說：「謝謝。不過，我最想看的，是小嵐說的那幅壁畫，那個跟小嵐長得一模一樣的小仙女。」

王銘心忙說：「沒問題。剛好倪所長把鑰匙交給我保管了，我馬上帶你們去。」

一路上，小嵐突然想起了什麼，她對王銘心說：「你們家族背負了一百多年的那塊大石頭可以放下了。王圓籙道長其實不是傳說中那麼愚昧、貪婪，開始時，他也曾努力過，把藏經洞裏的部分珍藏送給縣令和道台，希望引起重視。可惜那些糊塗官不予理睬，王道長才答應把東西賣給史提芬。而且他後來也覺醒了，最後是史提芬硬把經書搶走的。」

王銘心很驚訝：「真的？那為什麼後來的記載，都說是他把珍貴的文物賣給了外國人！」

小嵐說：「因為當時知道外國人搶掠藏經洞的幾個人，有的在追趕外國人時不幸遇難，有的……」

「有的怎麼啦？為什麼不能講出真相，致使我太太太祖爺爺成為歷史罪人？」王銘心追問。

小嵐不知怎樣回答才好，難道跟他説，有的人去了未來？

「反正，知道真相的人都不在了，所以歷史上，一直以為是王道士把藏經洞出賣給外國人。」

王銘心看着小嵐，感動地説：「小嵐，你真善良。我知道你是為了讓我心裏好過點，所以才這樣説的。既然知道真相的人都不在了，那你怎可能知道呢？不過，不管怎樣，我都很感謝你，謝謝你的好意。」

「不不不，我，唉……」小嵐歎口氣，只好日後再找機會向他解釋了。

説話時，已到了第一百零一洞，那就是藏有「天外飛仙」的地方，王銘心跟守洞的保安員打了個招呼，就掏出鑰匙打開了門。

「鈴──」王銘心的手提電話響了。他忙把手電筒交給萬卡，説，「你們先進去，我聽完電話就來。」

小嵐帶萬卡來到了洞中洞，「天外飛仙」的壁畫前，萬卡一看，驚訝得張大嘴巴，半天合不攏。他看看畫，又看看身邊的小嵐：「天啦，真是不可思議，怎麼跟你這樣像！這畫究竟是誰畫的，畫的又是誰？」

187

守護寶藏的公主

這時，一直默不作聲細細察看壁畫的小嵐驚叫一聲：「天哪，萬卡，快看這畫家署名！」

萬卡彎下腰，唸道：「李翰！」

千真萬確，那上面龍飛鳳舞地寫着兩個草書——李翰。

「是李翰畫的！天哪，原來是李翰的畫！」小嵐激動得眼裏冒出淚花，「怪不得這畫經歷八百載仍然色彩不衰，我知道了，因為李翰放了『美是永恆』，那是倪院長送給我的、剛剛研製出來的超級保護劑，我去到宋代時，把保護劑送給李翰了。啊，倪院長知道後一定很高興，因為這證明他的試驗成功了，不用再花數百年去驗證。」

小嵐越說越激動：「記得李翰大哥彌留之際曾跟我說，讓我千秋萬代守護着藏經洞，原來就是畫了一幅能千秋萬代保存下去的我的肖像。他……」

小嵐突然住了嘴，李翰的話令她隱隱想到了什麼……

她的心撲通亂跳，為自己的猜想而激動得喘不過氣，她望向萬卡，發現萬卡也用異樣的眼光看着她。

「萬卡，你也想到了……」小嵐的聲音有點變調。

萬卡點點頭：「你說，那兩天李翰躲在莫高窟裏不

出來，就是為了把藏經洞掩藏起來，在洞口畫上用以遮蔽的畫。這幅畫應該就是他那時候畫的，如此說來，這『天外飛仙』後面……」

「啊！」小嵐尖叫起來，「王銘心，王銘心，快請倪院長來這裏……」

一個埋藏了近千年的秘密終於揭開了——

經過科學儀器的探查，發現壁畫「天外飛仙」後面，是一個隱藏得很深的洞窟。

經過挖掘，一座隱藏了近千年的洞窟，也就是傳說中的第二藏經洞被打開了，當人們邁進洞窟時，眼前的景象令他們激動得心臟幾乎停頓——一卷卷擺放整齊的、毫髮無損的、金光閃閃的經書，放滿一屋子，那正是當年宋仁宗御賜的金字大藏經，以及無數珍貴經書畫冊。這裏面展現的，比當年王道士發現的第一藏經洞洞藏，不論在完整性完美性和研究價值上都有過之而無不及……

尾聲

　　麗日藍天，小嵐和萬卡一人拿着一束鮮花，來到雙子山雙子墳前。

　　兩人蕭立墓前，閉上眼睛，雙手合十，心裏在跟長眠地下的李翰和任竹天說着話。

　　小嵐說的是：「兩位大哥哥，告訴你們一件大喜事，第二藏經洞已找到了……」

　　萬卡說的是：「兩位兄長，謝謝你們用生命保護了我心愛的女孩……」

　　一陣啾啾的鳥叫聲驚動了他們。小嵐驚訝地看見，在兩座拱型的墓上分別站着一隻小鳥，小鳥歪着頭，在朝他們啾啾啾地叫着。

　　小嵐一把拉住萬卡，驚喜地說：「快看，快看！這一定是李大哥和任大哥的精靈，他們聽到了我們的話呢！」

　　兩隻小鳥撲簌簌地飛了起來，在墓地上盤旋着。

　　小嵐含着淚喊着：「李大哥，任大哥，是你們嗎？」

　　兩隻小鳥啾啾地叫着，又在他們頭上盤旋了幾圈，

然後拍着翅膀飛走了。

「李大哥，任大哥，再見！」小嵐喊着，揮着手。

兩隻小鳥向着太陽升起的地方，越飛越遠，漸漸看不見了。

萬卡溫柔地拉住小嵐的手：「我們回去吧！」

「嗯！」

兩人手拉手，下山了。走到山腳下，突然見到一男一女兩個孩子，朝這邊走來。

一見他們，兩個孩子就撒着歡跑了過來：「原來你們在這裏，讓我們好找呢！」

「小雲！小吉！你們跑哪裏去了，擔心死我了！」小嵐高興得喊了起來。

男孩驚訝地看着小嵐，然後嘟着嘴不高興地說：「小嵐姐姐，不是嘛，才分開幾天，你就叫錯了我的名字？你一定是交了新朋友，忘了舊朋友了。」

女孩也說：「就是嘛！什麼小雲小吉，你看動畫片『ＩＱ博士』看多了！」

小嵐這才發覺，男孩女孩都是現代打扮：「你們是……」

男孩不滿地說：「我們是你的好朋友，曉星和曉晴！」

守護寶藏的公主

「啊！」小嵐愣住了。

女孩說：「是呀！我們送走了爸爸媽媽，就馬上從烏莎努爾坐飛機來這裏找你，沒想到，你卻把我們忘了！」

她撅起了好看的小嘴，一副委屈的模樣。

小嵐這才知道自己認錯人了，他們是如假包換的曉晴曉星！

她不禁擔心起來：究竟小雲和小吉到哪裏去了呢？